Christian Meunier

L'Opération Mathusalem

ou comment éliminer les Séniors inutiles

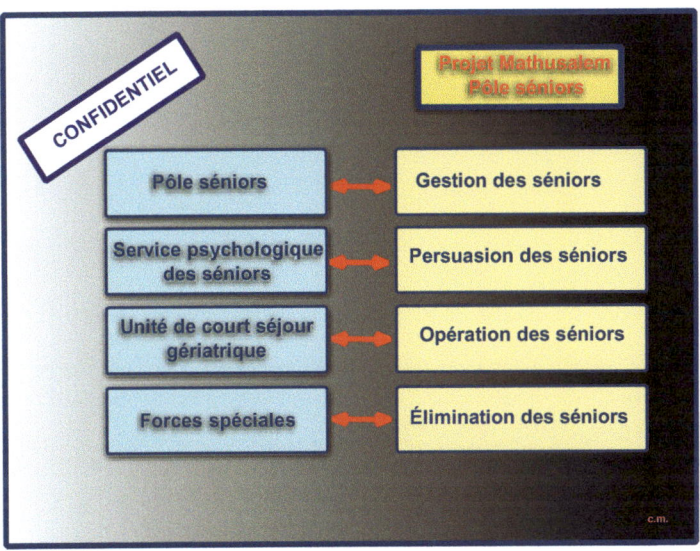

© 2023, Christian Meunier
Édition : BoD – Books on Demand, info@bod.fr
Impression : BoD – Books on Demand,
In de Tarpen 42, Norderstedt (Allemagne)
Impression à la demande
ISBN : 978-2-3221-1874-8
Dépôt légal : Février 2023

Il y a du courrier

Lorsque Antoine, qui rentrait des commissions, ouvrit sa boîte aux lettres en cette douce matinée d'été,
il trouva d'abord un fouillis de catalogues, tracts et
autres cochonneries. Il commença méthodiquement
à sortir ces papiers un par un, en les expertisant. En
effet, on n'est jamais trop prudent : il se peut très
bien qu'une lettre importante se camoufle entre deux
prospectus, et que vous la jetiez, déclenchant sans
le savoir une série d'embêtements regrettables. Antoine savait bien cela, lui qui avait jeté une carte
bleue de sa banque, laquelle avait dû finir sa vie de
carte dans un incinérateur, à moins qu'elle n'ait atterri sur un tas d'ordures dans une quelconque décharge.

Tout à coup, son attention fut attirée par une enveloppe couleur vert caca d'oie. Il la sortit du tas pour
la mettre dans son sac, en vue d'une lecture ulté-
rieure. En effet, il avait lu dans un magazine que,
pour fortifier sa volonté, il fallait s'imposer des
épreuves de patience. Entre autres exemples, on
évoquait la lecture du courrier. Il fallait différer la lecture d'une bonne heure, même si l'on avait reçu une
lettre de l'amour de sa vie.

Que pouvait-on attendre d'une enveloppe vert caca
d'oie ? Sans doute de la publicité qui avait choisi
cette couleur discrète pour se faufiler dans le courrier, pour prendre le lecteur par surprise. Il glissa la
missive dans son sac de jute qu'il portait, en bon
écolo, toujours sur lui.

Le concierge avait eu la bonne idée de placer sous les boîtes, fixée au mur, une corbeille à papier destinée à recueillir le courrier indésirable. C'est là qu'Antoine fit disparaître le surplus gênant de son courrier.

Il prit l'ascenseur pour monter au quatrième, où se trouvait son appartement. Une voix synthétique féminine l'avertit comme chaque fois qu'il était arrivé au quatrième, ce dont il se doutait.

Il rentra chez lui, referma la porte blindée à double tour, et se rendit dans la cuisine pour préparer son repas.

Il venait d'égoutter ses pâtes et de les mettre dans une assiette creuse lorsque, prenant le bocal de pesto, la couleur verte de la sauce lui rappela l'enveloppe vert caca d'oie.

Le temps d'attente pour développer sa volonté était maintenant écoulé. Il alla chercher l'enveloppe, regarda le logo abstrait qu'il ne connaissait pas et lut : Pôle séniors de PACA.

C'était la première fois qu'il voyait ce nom, Pôle séniors, qui sonnait un peu comme « Pôle emploi ». Il se demanda ce que cela pouvait être. Un organisme chargé de s'occuper des séniors. Peut-être allait-on lui proposer une place dans une maison de retraite, ou un emploi permettant d'améliorer sa pension. Ce pouvait être aussi une invitation à des activités pour les aînés, voire à un dépistage se souciant de sa prostate ou de son côlon.

Le mieux était encore d'ouvrir l'enveloppe pour avoir enfin accès aux informations qu'elle abritait. Cette lettre émanait de Pôle séniors, un organisme dont il n'avait jamais entendu parler. Il était informé sur le Pôle Nord, son opposé Sud, et Le Pôle emploi, appelé ainsi sans doute parce qu'il attirait les sans-emploi.

Au lieu d'ouvrir tout de suite l'enveloppe pour voir de quoi il retournait, il préféra aller se renseigner sur Wikipédia, l'encyclopédie gratuite du web.

C'est ainsi qu'il apprit que l'organisme Pôle séniors dépendait du Ministère de la Santé, et qu'il était chargé de la « gestion des personnes âgées ». L'article ne précisait pas en quoi consistait cette gestion. On pouvait bien se demander à quoi servait ce Pôle, d'autant que, malgré son âge de 71 ans, il n'avait jamais eu affaire à lui et, jusqu'à la découverte de cette lettre à la couleur si peu appétissante, il en ignorait l'existence. N'ayant jamais eu recours à lui, il sentit s'éveiller son intérêt et finit par aller à la recherche de l'enveloppe.

Il l'eut vite retrouvée dans son couffin, dans lequel il l'avait jetée avant d'aller sur le web.

Il ouvrit l'enveloppe avec un couteau de cuisine. La lettre occupait le recto d'une page. En haut, à gauche, le logo comprenait une forme abstraite qui aurait aussi bien pu être une béquille qu'une mitraillette, agrémentée du nom de l'organisme, **Pôle séniors**, en écriture plus ou moins artistique.

Il lut le texte :

« Monsieur et cher administré,
Vous venez d'avoir soixante et onze ans. Pôle séniors, chargé auprès du ministre de la Santé de la gestion des personnes âgées de plus de 70 ans, aimerait, pour faciliter cette gestion, établir votre profil.
Nous vous invitons à passer à Pôle séniors, muni de votre carte d'identité, dans le courant de la semaine prochaine.
Veuillez téléphoner au 04 91 10 10 10 pour prendre rendez-vous.
Veuillez agréer, Monsieur, l'expression de nos sentiments distingués. »

Suivait une signature compliquée et illisible, destinée à rendre impossible toute identification du nom du signataire, les fonctionnaires préférant travailler dans l'anonymat le plus complet pour s'éviter des ennuis.

Pensif, il posa la lettre sur la table de la cuisine. Cette missive brillait par sa concision, son caractère impersonnel.
La formule « Monsieur et cher administré » lui rappela le sous-préfet aux champs d'Alphonse Daudet, préparant son discours, vautré dans l'herbe. Quant au contenu, il ne lui apprenait pas grand-chose. Il se demanda en quoi pouvait bien consister cette gestion des personnes âgées. Le Pôle s'occupait-il de la santé, des finances, des maisons de retraite. Ou

peut-être même des problèmes d'héritage, de la fourniture de bandages herniaires voire de l'enterrement des administrés âgés. Il pouvait tout imaginer : que l'on allait lui verser une allocation, lui fournir une place en EHPAD, un enterrement de première classe ou une croisière. Tout était envisageable. Et s'il voulait en savoir plus, il faudrait qu'il aille faire un tour dans les bureaux de Pôle séniors.

Il avait bien sûr téléphoné pour prendre rendez-vous pour le lundi 10 septembre. Il avait bien essayé d'obtenir quelques renseignements sur cet organisme mystérieux, mais la secrétaire avait éludé toutes ses interrogations : il verrait bien lors de sa visite. On répondrait alors à toutes ses questions. Il fallait donc continuer à gamberger en attendant la révélation.

Il interrogea son copain Louis, qui n'avait que 69 ans et qui, donc, n'avait pas encore atteint l'âge fatidique pour que Pôle séniors s'occupe de lui.

Son ami ne croyait pas du tout à une allocation. Ce n'était pas dans l'air du temps. Depuis l'élection du président actuel, on avait tendance à supprimer ou au moins à diminuer les aides aux personnes les moins riches. Tout ce qui coûtait de l'argent à l'État était donc à éliminer d'office.

Il essaya de trouver des personnes âgées autour de lui. Bizarrement, tous ceux qu'il fréquentait étaient plus jeunes que lui. Et ceux qu'il connaissait et qui avaient plus de 70 ans avaient quitté ce monde. Il ne trouva donc personne qui ait déjà effectué une visite dans ces bureaux mystérieux.

En fin de compte, il allait falloir attendre le jour de l'entrevue pour avoir le fin mot de l'histoire.

Enfin, le grand jour était arrivé. Il allait se rendre au 40 rue Edmond Rostand, où il était attendu à 11 heures.

Il avait mal dormi, en proie à toutes sortes d'interrogations restées toutes sans réponse.

Le matin arrivé, il se doucha, s'aspergea d'eau de toilette pour éviter de sentir le vieux. En effet, l'odeur caractéristique des maisons de retraite le mettait mal à l'aise. Il se souvenait des visites à sa mère, à la Maison de retraite de Sainte-Anne, en particulier de la salle principale où les effluves d'urine le disputaient à ceux des excréments, en dépit de tous les désodorisants et déodorants généreusement dispensés et qui, au lieu de masquer les odeurs nauséabondes, semblaient au contraire les renforcer par contraste.

Heureusement, il n'était pas sujet aux fuites urinaires, et ne portait pas de couche. Il n'y avait aucune raison pour qu'il sentît spécialement le vieillard incontinent, mais mieux valait prévenir que guérir. Il se rasa de près, pour faire bonne impression, car il avait horreur des barbes de trois jours, que certains entretenaient grâce à un rasoir spécial qui, il ne savait par quel miracle technique, ne rasait pas plus que nécessaire pour entretenir cette apparence de baroudeur.

Vint ensuite la question importante des vêtements. Fallait-il mettre un costume sombre, avec gilet et cravate ou un pull bleu marine accompagné d'un pantalon blanc, sans oublier la chemise à fines stries bleues et le foulard allant avec.

Cela peut paraître futile, mais la présentation choisie peut être déterminante pour la suite des opérations. Si seulement il avait connu le but de cette invitation, le choix aurait été plus simple. Mais voilà, ne le connaissant pas, il fallait trouver une position neutre. S'il s'était agi d'attendrir le fonctionnaire, il aurait mis son pyjama, puis sa robe de chambre, et aurait complété l'image du pauvre petit vieillard indigent en enfilant des charentaises, celles que son chat affectionnait particulièrement, et qu'il avait ruinées en leur livrant un combat quotidien, utilisant ses dents pointues et ses griffes acérées contre les pantoufles sans défense.

S'il avait eu intérêt à se montrer jeune, plein d'allant, l'intelligence en éveil pour prouver qu'il n'avait besoin de rien, alors, il aurait passé un pull bleu marine accompagné d'un pantalon blanc, sans oublier la chemise à fines stries bleues et le foulard gris perle assorti.

Ou alors, pour intimider le fonctionnaire, il aurait mis son costume noir, sa chemise blanche à boutons nacrés, son gilet anthracite qu'il aurait couronnés d'un nœud papillon, genre P.D.G. de multinationale.

Il choisit la version qu'il jugeait être la plus neutre : un pull-over bleu marine et un pantalon gris clair. Il renonça à mettre ses souliers bicolores, qui faisaient par trop margoulin.

Mais, pour souligner son côté intello, il chaussa des lunettes et prit un porte-documents. Pour le remplir un peu, il y mit le journal du matin plié en deux.

Et c'est ainsi vêtu qu'il se rendit à son rendez-vous, au 40 rue Edmond Rostand.

Le rez-de-chaussée était occupé par une agence immobilière, mais il aperçut à droite de l'entrée de l'immeuble, qui abritait quatre étages d'appartements, une plaque annonçant en capitales d'imprimerie : « Pôle séniors », et en lettres plus discrètes, « Ministère de la Santé ». C'était un Pôle qui ne payait pas de mine.

Il sonna. Un ouvre porte nasillard lui permit d'entrer presque immédiatement. Antoine se dit qu'au moins, le fonctionnaire chargé de l'accueil n'était ni vieux ni gâteux, et qu'il prenait soin du visiteur en ne le faisant pas poireauter.

Selon la plaque, le Pôle était situé au premier à gauche. On avait le choix entre un ascenseur étroit, à l'air fatigué, susceptible donc de tomber en panne, et un escalier tout aussi étroit, enlaçant la cage de l'ascenseur de son ruban de marches de marbre.

Pour faire plus sportif, il prit l'escalier, mais en inspirant et en expirant fort, de façon rythmique, comme il le faisait pendant son jogging dominical. Il arriva ainsi assez rapidement, et surtout, sans le moindre signe d'essoufflement, au premier étage. Un fonctionnaire qui faisait honneur au titre de gratte-papier, un homme d'un mètre soixante environ, dégageant

le charme d'un pruneau sec avec sa mine renfro-
gnée, le pria d'entrer et le fit asseoir dans une mi-
nuscule salle d'attente, dans laquelle attendaient
déjà deux personnes, une femme et un homme à
l'air souffreteux, plus près de cent ans que de
quatre-vingts. L'homme était agité de secousses
quasi-permanentes, sans doute dues à la maladie
de Parkinson ou à une variante de la danse de
Saint-Guy.
Il prit donc place entre les deux personnes. Il essaya
bien de discuter un peu avec elles, mais elles
avaient l'air bien éteintes, et regardaient fixement
devant elles, ou même à l'intérieur d'elles-mêmes.
La femme fut appelée la première. Mais comme elle
ne réagissait pas à l'appel de son nom, Pruneau sec
dut venir la chercher. La soutenant avec fermeté, il
la fit sortir de la salle d'attente pour l'introduire dans
ce qui devait être un bureau.
Antoine se dit qu'il pourrait peut-être l'interviewer à
sa sortie, pour savoir la raison de l'invitation. Il arriverait bien à lui faire dire quelques mots. Mais il n'en
eut pas le temps, car une dizaine de minutes plus
tard, Pruneau sec, qui apparemment avait déjà fait
sortir la petite vieille en toute discrétion, venait appeler le suivant.
L'homme se leva avec difficulté, prenant appui sur
sa canne, et se dirigea en flageolant vers le bureau.
Antoine avait bien compris qu'il n'arriverait pas à lui
tirer les vers du nez à la fin de son entrevue, Pruneau sec se faisant un devoir d'évacuer chacun dès
sa sortie.

À peine dix minutes plus tard, le vieux sortit, trem-
blant comme un grelot, et Pruneau sec vint chercher
Antoine qui pénétra enfin dans le fameux bureau,
l'objet de ses réflexions et de ses craintes de ces
derniers jours.

Pruneau sec lui désigna une chaise au dossier bien vertical faisant face à un bureau chargé de toutes sortes de papiers, cahiers, dossiers ou classeurs et sur lequel trônait un cadre contenant sans doute une photo, que, de sa place, Antoine ne pouvait voir. Il avait du mal à imaginer une femme, voire des enfants, partageant l'existence de ce pruneau vraiment très sec.

Celui-ci prit place dans le fauteuil imposant situé de l'autre côté du bureau.

Après s'être raclé la gorge pour libérer ses cordes vocales, il se mit à parler d'une voix nasillarde et aiguë, semblable à celle de Donald dans les dessins animés de feu Walt Disney.

« Vous vous appelez bien Cossu Antoine, demeurant 191 Corniche Kennedy à Marseille, dans le septième arrondissement ?

— Exactement, c'est bien moi répondit Antoine. — Et vous êtes âgé de ... voyons ... soixante et onze ans.

— C'est cela, depuis le 8 juin.

— Je vous ai fait venir parce que nous sommes chargés de gérer les personnes âgées de soixante-dix ans et au-delà.

— Et qu'entendez-vous par « gérer » ?

— Eh bien leur faire avoir la meilleure fin de vie possible. »

Cette dernière réponse surprit quelque peu Antoine. En effet, on pouvait imaginer toutes sortes de significations à cette organisation de fin de vie : des

17

voyages en croisière pour rendre la vie plus intéressante et plus agréable, ou peut-être des soirées financées au cinéma ou à l'opéra ou encore des visites gratuites au zoo. Ou peut-être voulait-il tout simplement les faire profiter de dépistages, telles qu'une coloscopie, ou, pour les femmes, une mammographie ?

Ou alors leur appliquer la méthode des Inuits qui, lorsque la grand-mère n'a plus assez de dents pour mâcher la graisse de phoque destinée à préparer la nourriture de la famille « l'envoient sur la glace » où, seule et sans nourriture, elle sera tuée par le froid. Quand on vit dans des conditions extrêmes, on ne peut pas nourrir les bouches inutiles. Il ne put s'empêcher de demander :

« Vous voulez nous faire avoir des subventions, nous envoyer en voyage, surveiller notre santé ou organiser notre mort ?

— Comme vous y allez, cher Monsieur Cossu ! Laissez-moi vous exposer d'abord les raisons de la création de Pôle séniors. Comme vous le savez, les finances de notre cher pays ne sont pas brillantes. Pour relancer notre économie, le président de la République a décidé d'alléger le fardeau des entreprises en diminuant les charges sociales. Mais pour continuer d'assurer l'assurance maladie et les retraites, il faut de l'argent. On ne peut pas renoncer à soigner les personnes malades car on doit reconstituer le plus vite possible leur force de travail pour qu'elles puissent sans tarder reprendre leur place dans l'entreprise. Mais pensez un instant à toutes ces personnes inutiles qui pèsent sur les dépenses publiques. C'est un devoir national que de réduire à tout prix les dépenses excessives. Plus d'indemnités de chômage pour les chômeurs de longue durée au-delà d'un an. Plus d'assurance maladie pour les plus de soixante-dix ans : ils iront se faire soigner à l'hôpital public, gratuitement. Comme ils n'ont rien à faire, ils auront le temps d'attendre.

Et enfin, il faudra faire en sorte que les retraités, qui sont un fardeau pour la société, touchent leur retraite au maximum deux ans. Ce n'est qu'à ce prix que nous pourrons rétablir l'équilibre de nos finances. » Antoine était soufflé par cette diatribe qui n'aurait pas surpris dans le discours électoral d'un quelconque candidat nazi.

Il reprit ses esprits et son souffle pour demander des éclaircissements.

« Ainsi, vous voulez vous débarrasser des gens sans travail et les personnes âgées, qui ont pourtant travaillé et cotisé toute leur vie ?

— Les sans travail, qu'ils soient chômeurs ou retraités, n'apportent plus rien à la société. Elle n'a donc plus à s'occuper d'eux.

— Et les handicapés, vous avez aussi pensé à eux? Vous voulez les éliminer aussi ?

— Eh bien d'abord, nous allons nous débrouiller pour que ceux qui sont dans cette situation avant la naissance soient empêchés de naître.

— Alors, c'est l'avortement obligatoire ?

— Pas du tout. Nous laisserons le libre choix aux parents : dès que le handicap est décelé, ils pourront faire pratiquer un avortement remboursé par la Sécurité sociale. Ou alors, ils signeront une décharge officielle qui libérera l'État et les obligera à assumer eux-mêmes les dépenses occasionnées par ce handicap.

— Et comment allez-vous vous débarrasser des chômeurs et des retraités ?

— Je vais vous donner une brochure dans laquelle tout cela est expliqué en détail. Nous nous reverrons dans une quinzaine de jours pour reparler de tout cela et nous discuterons de votre cas personnel. Nous n'avons pas de temps à perdre. Vous avez déjà atteint les soixante et onze ans.

— Et pourquoi cela est-il si urgent ?

— Parce que la loi a été promulguée il y a un mois au journal officiel.

— Et pourquoi n'en avons-nous pas entendu parler?

—Parce qu'elle a été votée cet été, une nuit, alors qu'il y avait beaucoup de députés absents. Et la discussion est passée inaperçue, éclipsée par l'affaire Benalla.

—Une loi de cette importance peut passer en catimini ?

—On en a parlé. Mais vous savez bien que les journalistes préfèrent le scandale à l'information pure. Comme leurs lecteurs, d'ailleurs. Et pendant que l'on parlait du scandale, on oubliait l'essentiel.

Et comme le gouvernement dispose de la majorité absolue, la loi est passée comme une lettre à la poste. Allez, Monsieur Cossu. Revoyons-nous dans quinze jours, le lundi à treize heures, et nous trouverons la meilleure solution pour vous.

En attendant, lisez bien la brochure que voilà. Je répondrai à toutes vos questions. Vous ne serez pas pris en traître. »

Et Antoine fut prestement raccompagné vers la sortie par Pruneau sec, qui venait de faire honneur à son surnom en lui parlant aussi sèchement.

La semaine suivante fut consacrée à la lecture de la brochure. Elle portait un titre prometteur : « *Gestion économique des ressources humaines inutiles* ».

Antoine fut tenté de lire cet ouvrage d'une vingtaine de pages en diagonale, car il n'avait pas vraiment envie de se farcir les élucubrations d'un fonctionnaire dans le genre de Pruneau sec.

Il commença par la fin en consultant la table des matières. Il comprit en découvrant les titres accrocheurs des chapitres qu'il allait falloir se farcir l'ouvrage entier, pour ne rien rater de vital.

Il eut l'idée de demander à son ami Louis, qui serait bientôt concerné, de lire ces pages avec lui. Ainsi, ils pourraient confronter leurs idées et mieux apprécier la substantifique moelle de cet essai. Louis ne pouvait pas venir avant le soir. Antoine rangea la brochure avec les revues qu'il n'avait pas encore eu le temps de lire. À ce stade, il ne voulait pas se faire une opinion superficielle à partir de sa lecture en solitaire.

Lorsque son ami fut arrivé, leur curiosité étant trop grande, il jetèrent un coup d'œil sur le texte.

Le premier chapitre portait le titre « Respecter la nature ». Il expliquait que la nature se débarrassait des êtres peu viables, justement parce que leur probabilité de survie était trop faible. Les prématurés, les handicapés de naissance étaient particulièrement visés, car pourquoi dépenser tant d'énergie et d'argent, susciter dans les familles tant d'espoirs fragiles, pour faire naître, et maintenir en vie des êtres dont l'existence, en admettant qu'ils survivent, allait être parsemée de problèmes de santé, d'opérations et de désillusions ?

La gestation médicalement assistée, à condition que l'enfant soit viable et en bonne santé, était acceptée par les auteurs. Il y avait quelque doute pour la gestation pour autrui. En effet, les enfants de parents homosexuels se trouvaient sans père connu, ou sans mère connue, selon les cas, ce qui pouvait rendre malheureux ceux qui voulaient absolument connaître leur parent manquant, donneur anonyme d'ovocyte ou de sperme. Cependant, comme les auteurs ne voyaient pas de problème économique particulier, ils toléraient cette pratique, à condition toutefois qu'elle ne coûte rien à la Sécurité sociale. La lecture de ces lignes rappela aux deux lecteurs les lois nazies, qui visaient à supprimer tous ceux qui sortaient de la norme. Si les nazis évoquaient des raisons raciales qui visaient à la pureté de la race, la brochure n'avait que les problèmes économiques en vue. Pour être digne de vivre, il fallait coûter le moins possible, ou encore être ou devenir performant pour la société.

Ainsi, on préconisait l'élimination soit par défaut de soins, soit par avortement actif.

Les deux compères lecteurs n'en revenaient pas de trouver, ainsi décrites sans complexes, les intentions des gens qui avaient inspiré la fameuse loi fraîchement promulguée, et dont le fondement était plus que douteux.

Le deuxième chapitre digne d'intérêt s'attaquait aux problèmes des handicapés de naissance, et qui avaient échappé aux mesures décrites dans le premier chapitre.

Les auteurs abordaient le problème des subventions accordées aux personnes en état de handicap exerçant une profession, et à qui on voulait diminuer les aides de moitié.

« Quand même, dit Louis, j'ai eu des collègues dans ce cas et qui faisaient preuve d'un grand courage ne serait-ce que pour venir à l'heure au travail, et qui se débrouillaient seuls. Mais cela nécessite bien sûr que le parking qui leur est réservé soit libre, qu'il y ait une rampe pour pénétrer dans le bâtiment, et un ascenseur pour monter dans les étages.

— Tu parles. Il y a des villes où tu peux descendre en fauteuil roulant dans certaines stations de métro, mais où tu ne peux pas monter dans la rame, qui n'est pas prévue pour cela.

— Ce qui est sûr, c'est qu'il faut un minimum d'organisation pour que les handicapés puissent vivre en se débrouillant seuls.

— Mais en France, les équipements spécialisés manquent cruellement. Le matériel informatique pour les non-voyants, ainsi que les fauteuils roulants, sont trop chers pour qu'un handicapé puisse les financer tout seul.

— Pourtant, les handicapés ne demandent pas mieux que de se débrouiller seuls. Ce n'est pas en diminuant l'aide déjà chiche qu'on leur permettra de le faire.

Ce chapitre correspondait bien au proverbe : « Aide-toi, le ciel t'aidera. »

C'est un peu la même devise qui aurait pu être appliquée au chapitre sur les chômeurs.

Au départ, on proposait de n'accorder qu'un an de chômage. Celui qui avait épuisé ses droits se verrait proposer un travail d'intérêt public. En cas de refus, il recevrait une aide généreuse de quatre cents euros pendant, au plus, deux mois. Ensuite, il devrait lui aussi accepter un travail d'intérêt public, ou vivre en SDF, ce qui ne coûtait rien à l'État, c'est-à-dire aux contribuables.

C'est cette politique qui devait permettre aux entreprises de ne plus payer de charges sociales, puisque les sommes à payer aux chômeurs allaient diminuer de façon drastique.

« Et de quoi vont vivre ces gens sans aide ?

— On va sûrement développer la soupe populaire, ou regonfler les restaurants du cœur. Ou alors, il faudra qu'ils prennent un travail d'intérêt général.

— Et d'où vont-ils sortir, ces travaux, alors que le gouvernement a été incapable de créer des emplois en nombre suffisant ? Ils vont se retrouver à balayer les rues, ou à vider les poubelles ?

— Mais il y a déjà des balayeurs et des éboueurs qui travaillent et qui sont payés pour ! Il faudrait surtout éviter que les chômeurs, parce qu'ils coûtent moins cher, piquent le travail à ceux qui sont déjà en poste.

— Et si c'était le but du gouvernement de remplacer ceux qui travaillent par d'autres, chômeurs, qui seraient taillables et corvéables à merci ? Ils ne pourraient pas se permettre de critiquer, de manquer, ou de travailler moins vite, car s'ils se faisaient renvoyer, ils seraient bons pour aller vivre dans la rue.

— Évidemment, on ne nous donne pas les détails. Qui sait comment ils vont procéder vraiment ? »

Mais le chapitre le plus intéressant pour eux, concernait les personnes âgées, donc, eux-mêmes. Ce chapitre se nommait « *Gestion économique des séniors* »

Ce qui frappait, c'était que les auteurs considéraient les séniors comme des bouches inutiles, sans le dire formellement. Pour eux, un monde idéal aurait supposé que les personnes âgées conservent leur travail le plus longtemps possible, et qu'elles quittent cette terre dès la première année de leur retraite. « À quoi cela sert-il de cotiser pendant toute une vie de travail si ce n'est pas pour en profiter ? Autant ne pas cotiser pour rien.

— Bon d'accord, mais ils ne peuvent pas nous obliger à renoncer à notre retraite.

— C'est vrai. Mais ils essaieront de nous donner mauvaise conscience, ou de monter ceux qui travaillent et qui gagnent mal leur vie contre nous, dans le style « Pourquoi engraisser des vieux qui ne travaillent pas, alors que nous avons tant de mal à joindre les deux bouts ? »

— Ce sont les charmes de la retraite par répartition. Quand nous avons travaillé, c'est nous qui avons payé la retraite des anciens, mais cela est oublié, maintenant. Si nous avions capitalisé cet argent, nous ne devrions rien à personne, et on ne pourrait pas nous chercher des poux sur la tête.

Et quand je pense à des retraités comme Huguette, qui nourrit ses deux fils et leurs épouses, tous aux chômage, grâce à sa pension de prof. Si on lui enlevait sa retraite, ils seraient plusieurs dans la panade.

— N'empêche qu'il faudrait en savoir plus sur les intentions de ce gouvernement.

— Et attention, ce n'est pas tout : ils veulent diminuer les remboursements de la sécu pour les malades chroniques, et pour les personnes âgées. Ils estiment qu'il ne vaut pas la peine de soigner les personnes âgées sous prétexte qu'elles n'apportent plus rien à la société. Les grosses opérations comme les greffes d'organe, les traitements longs et coûteux, ou les analyses onéreuses seraient réservés aux jeunes.

— De mieux en mieux. Il faut absolument savoir ce qui bout dans leur marmite. Nous ne pouvons pas nous laisser éliminer sans protester. Il y a des associations, et si personne ne veut s'occuper de nous, nous fonderons la nôtre propre. Ils vont voir si nous sommes vieux et ramollis, des moutons prêts à être tondus. »

Et sur ce, ils allèrent au café de la place pour prendre un apéritif.

Les deux semaines passèrent assez vite. Les interrogations étaient nombreuses, et même si l'on pouvait imaginer formuler toutes sortes d'hypothèses, tout dépendait d'un facteur primordial : le degré d'empathie des dirigeants pour les pauvres personnes qui allaient avoir à subir ces modifications. Selon qu'ils agiraient avec doigté ou à la mitrailleuse, les intéressés s'en sortiraient sans trop de mal ou seraient fracassés.

Sans doute le prochain rendez-vous avec Pruneau sec allait-il dissiper les doutes.

Deuxième visite à Pôle séniors.

Et revoilà Antoine dans le bureau du Pruneau sec. Le matin même, il avait révisé la liste de questions qu'il avait établie avec Louis, afin de ne rien oublier. Pour plus de sûreté, il avait écrit la liste sur une fiche cartonnée. Malheureusement, dans l'émotion suscitée par sa visite à Pôle séniors, il l'avait oubliée sur son bureau. Mais il l'avait lue et relue tellement de fois que, lorsqu'il fermait les yeux, son image s'imprimait dans son cerveau, avec toutes ses imperfections, par exemple, les ratures.

Pruneau sec n'avait pas changé depuis la dernière fois. Il avait toujours son air antipathique et condescendant. Sans attendre, il trancha dans le vif. «Alors, Monsieur COSSU, avez-vous bien lu notre brochure ?
— Oui, dans tous ses détails.
— Vous en avez bien saisi la philosophie ?
— Oui, plutôt, même si je ne la partage pas. » Le pruneau fit semblant de ne rien avoir entendu.
« Et qu'en avez-vous retenu ?
— Qu'il y avait deux sortes de citoyens : d'une part les utiles, qui sont encore jeunes et travaillent, ainsi que leurs enfants, l'espoir de ce pays, et d'autre part les inutiles, parmi lesquels on compte les chômeurs, les handicapés et les personnes âgées retraitées ou non.
— Comme vous y allez, fit remarquer le pruneau, visiblement choqué.

31

— C'est l'impression que cela m'a laissé. L'État a besoin de faire des économies, et au lieu de faire payer les riches et les entreprises, il préfère tondre les plus pauvres, ceux qui ne peuvent pas se défendre, ceux qui sont à cinq euros près. Et il empêche même la naissance des handicapés quand il le peut.

— Il faudrait voir aussi le bon côté des choses. Le fardeau du contribuable doit être allégé. Il faut bien se servir chez ceux qui coûtent à la collectivité sans rien lui rapporter : les handicapés qui touchent des aides, les chômeurs, surtout ceux de longue durée, et les séniors, qu'ils touchent une retraite ou non.

— Je pensais qu'il fallait accorder une aide aux handicapés, dont beaucoup travaillent d'ailleurs, pour rattraper leur handicap en les aidant financièrement pour acheter un fauteuil, équiper leurs appartements et autres dépenses que nous, les valides, nous n'avons pas à faire. Après tout, notre devise contient le terme « fraternité ».

— Oui, les devises, c'est bien joli, mais ce n'est pas cela qui arrangera nos finances. Et n'oubliez pas que la nature, à laquelle nous sommes tous soumis, se débarrasse de ceux qui ne peuvent pas se débrouiller seuls, et qui, de ce fait, ne sont pas viables. Nous ne faisons que soutenir la nature.

— Vous n'allez pas me faire croire que vous faites cela par amour de l'environnement et de la nature !» En fait, ce gratte-papier lui rappelait Goebbels, le chef de propagande d'Hitler. Quand on l'écoutait, on avait l'impression d'avoir affaire à un nazi de la pire espèce. Antoine sentait qu'il commençait à s'échauffer sérieusement.

« Mais laissons cela, reprit Pruneau sec, qui voulait éviter les problèmes. Je vous ai fait venir pour que nous parlions de vous, de votre situation personnelle. Vous avez soixante et onze ans, et vous êtes retraité. Depuis quand ?
— Depuis 2009. J'ai commencé à cotiser en 1966. Et je bénéficie d'une retraite du régime général et d'une retraite complémentaire.
— Donc, vous revenez assez cher à la collectivité...
— Possible, mais j'ai cotisé assez longtemps pour cela. J'ai aidé à payer la pension des retraités de l'époque.
— Oui, mais maintenant, vous coûtez cher.
— Et la solidarité entre générations ? Je paie pour mes parents, et mes enfants paient pour moi, etc.
— Mais vous nous coûtez trop cher. Il faudrait augmenter les cotisations, ce qui diminuerait d'autant le pouvoir d'achat des gens qui travaillent. Comme nous ne pouvons pas augmenter indéfiniment les cotisations sociales, il faut faire des économies sur les retraites.
— Et vous voulez raboter la mienne ?
— Pas tout à fait. Nous voudrions que vous la touchiez moins longtemps. »
Antoine en eut le souffle coupé. Comment faire pour diminuer les dépenses de retraites ? Antoine ne voyait que trois solutions : soit reculer l'âge de la retraite pour que les gens cotisent plus longtemps, soit limiter ce que chacun touchait en diminuant les

sommes versées, soit enfin en raccourcissant la durée des retraites, ce qui revenait à faire en sorte que les retraités quittent plus tôt cette terre. Des trois solutions, la dernière semblait la plus difficile à accepter, car comment hâter la mort des retraités ? Il en fit la remarque au Pruneau sec. Celui-ci sourit en un rictus horrible : vous savez bien qu'on ne peut pas diminuer la hauteur des sommes versées, étant donné que les retraites ne sont déjà pas généreuses. Quant à reculer l'âge du départ, il n'en était pas question non plus, car les Français n'avaient pas envie de partir si tard, et qu'en outre, la retraite anticipée était fort utilisée lorsqu'une entreprise bâtait de l'aile. Ainsi, on empêchait les plus âgés de se retrouver au chômage en les mettant à la retraite anticipée.

— Alors, il ne vous reste plus qu'à hâter le départ des retraités pour les vertes prairies du paradis. Et comment voulez-vous vous y prendre ?

— Par la persuasion. Lorsque l'on a eu une belle vie, il ne reste plus qu'à organiser une belle mort, sans maladie, sans le naufrage de la grande vieillesse. Nous avons plusieurs méthodes pour encourager les séniors, toutes fondées sur la douceur et la persuasion.

— Vous avez de bonnes expériences avec vos méthodes ?

— Nous commençons à peine. La loi est toute fraîche. Mais nous avons profité des conseils des meilleurs psychologues. Nous sommes sûrs de notre affaire.

— Et vous allez me les proposer ?

— Nous allons vous envoyer à notre service psychologique qui vous expliquera quelles possibilités s'offrent à vous. Vous choisirez celle qui vous ira le mieux, et nous vous aiderons à la mettre en pratique. Vous pouvez compter sur nous.

— Et si je ne suis pas d'accord ?

— Vous verrez : nous saurons vous convaincre. Voici l'adresse du service psychologique. Nous avons déjà pris rendez-vous pour vous pour le lundi 17, à 10 heures. Si cette heure ne vous convient pas, téléphonez au numéro indiqué pour prendre un nouveau rendez-vous.

C'est le S.P.S, le service psychologique des Séniors, qui s'occupera désormais de vous. Si tout va bien, nous n'aurons pas besoin de nous revoir. Bonne continuation Monsieur Cossu.

— Allez, au revoir ! »

Cet « au revoir » laissait supposer qu'Antoine ne se laisserait pas faire, et qu'ils seraient obligés de se revoir.

Il savait maintenant quel but poursuivait Pôle séniors. Il ne restait plus qu'à trouver quelles méthodes il allait utiliser pour arriver à ses fins : le renoncement volontaire à la vie dans la sérénité.

Une fois rentré chez lui, Antoine sortit une bouteille de bière qu'il décapsula. Il en versa le contenu dans un verre, s'assit sur le canapé, et but une longue gorgée. Le liquide frais lui fit du bien. Il repensa à ce que Pruneau sec lui avait dit, et se demanda quel pouvait bien être le véritable but de ce Pôle séniors, qui agissait au nom de l'État, et surtout quels pouvaient bien être les fonctionnaires ou politiciens qui avaient eu l'idée de ce pôle, gestionnaire des séniors.

Le gouvernement manquait horriblement d'argent pour relancer l'économie. Il avait fait des cadeaux aux riches et aux entreprises, qui le soutenaient parce que c'était leur intérêt à tous : « Tu me finances ma campagne électorale et je ferai de bonnes lois pour toi. »

Les gens s'en rendaient compte, et pour calmer le jeu, le président avait lancé un plan anti-pauvreté, comparant les Français à une cordée. Il voulait épargner les premiers, car il n'y avait pas de mal à être premier de cordée. Il désirait que la cordée suive le mouvement initié par les premiers. Mais il n'y avait pas besoin de sortir de Polytechnique pour comprendre que si les plus riches doivent être épargnés, et si les plus pauvres doivent recevoir des aides, ce serait à ceux du milieu de payer. Et comme beaucoup d'entre eux avaient du mal à joindre les deux bouts, on voyait mal comment on allait pouvoir augmenter leur participation financière.

On voyait déjà des gens qui avaient certes un travail, mais un travail mal rémunéré, ne leur permettant pas d'arriver à se loger. Certains, âgés de vingt à quarante ans, retournaient vivre chez leurs parents, comme des adolescents. D'autres, plus âgés, squattaient chez leurs enfants. On en a même vus qui louaient pour peu d'argent un mobile home sans chauffage, et qui l'occupaient avec leurs enfants même en hiver. Ceux qui restaient vivaient dans leur voiture ou leur camionnette.

Les miracles ayant lieu à Lourdes pour la plupart, c'est là-bas que le président aurait dû faire son discours. La Vierge Marie serait peut-être descendue des cieux, aurait mis la main droite sur sa tête en signe de sympathie, et l'aurait aidé à faire la multiplication des billets, comme son fils l'avait fait avec des pains et des poissons.

Mais les miracles se faisant rares, on devait se rabattre sur les plus faibles, ceux qui n'étaient protégés par aucun syndicat : les handicapés avant ou après la naissance, et les personnes âgées. Il fallait leur faire admettre qu'ils étaient inutiles, et ne faisaient que coûter de l'argent aux utiles qui travaillaient et qui, les pauvres, avaient du mal à s'en tirer financièrement. Il était donc clair que ce n'était pas aux utiles de participer à l'engraissement des inutiles, lesquels devaient donc renoncer à tous ces cadeaux que l'État leur faisait. Comme il ne voulait pas faire payer les plus riches au nom du libéralisme, et qu'il fallait aider les plus pauvres au nom de la fraternité, qui figurait dans la devise de la France, il fallait réduire les dépenses de ceux que l'on désignait comme inutiles. Ainsi se rétablirait l'équilibre des finances et de la société.

Le président pouvait même envisager de monter les utiles ayant besoin d'argent contre les inutiles qui en touchaient trop, vu leur manque de productivité.

Mais comment allaient-ils pouvoir faire pour que les pseudo-inutiles renoncent à leurs droits – le président dirait « leurs avantages ». Comment persuader une personne qui a cotisé toute sa vie pour sa retraite à y renoncer volontairement, sans pleurs et sans bruit ?

L'ami Louis, qui, sentant venir l'heure de l'apéritif, était passé le voir, et à qui il avait offert une bière, lui fit remarquer qu'il y avait plusieurs façons de se débarrasser des vieux.

Il y avait d'abord la méthode des Inuits. Ils pratiquaient le suicide institutionnel. Lorsqu'une grand-mère dont la tâche principale était de mâcher la graisse de phoque, ou le cuir, n'avait plus les dents assez solides pour cela, ou lorsqu'un vieillard n'avait plus la force de chasser, autrement dit, chaque fois que quelqu'un devenait un fardeau pour sa communauté, il « partait sur la glace ». Il quittait le village et allait se laisser tuer par le froid intense.

Quelquefois, un membre de la famille aidait la personne à mourir plus vite, par pure sympathie, le plus souvent en l'étranglant.

« On pourrait bien sûr imaginer quelque chose d'équivalent pour les séniors devenus inutiles. Leurs enfants pourraient les accompagner dans un bois et les étrangler. Ainsi, l'État ferait une énorme économie de retraites qu'il n'y aurait plus à verser.

Je suppose que, mis à part quelques anciens enfants maltraités par leurs parents et désireux de se venger, beaucoup se refuseraient à faire périr leur parent, de quelque façon que ce soit.

— En revanche, fit remarquer Antoine, on connaît des États qui, eux, ont organisé le transport et la mort de leurs citoyens. C'est ce qu'ont fait les nazis, en raflant, triant, transportant et exterminant des masses de gens. L'État français de Vichy y avait participé de 1940 à 1944 avec une grande compétence, mais bien peu de conscience. Il suffirait de procéder ainsi avec les séniors. Une rafle tous les trimestres, suivie d'une extermination de type industriel permettrait non seulement de se débarrasser des bouches inutiles, mais en outre, de récupérer la graisse dans une sorte d'économie circulaire, sans compter l'or des dents, et éventuellement certains organes encore en état de fonctionner, que l'on pourrait fourguer pour peu d'argent à des pauvres, ou vendre pour beaucoup d'argent à des riches prêts à payer des fortunes pour un cœur ou un rein. De plus, la

Sécurité sociale se réjouirait de ne pas avoir à assumer le remboursement pour les médicaments ou les opérations dont les séniors sont de grands consommateurs.

— Mais, surenchérit Louis, cela pourrait faire un manque à gagner pour les maisons de retraite, et tous ceux qui vivent des séniors : fabricants de prothèse, kinésithérapeutes, infirmières ou médecins.

— Bof ! Les médecins se plaignent déjà d'avoir trop de boulot. Ils en auraient un peu moins, et cela leur plairait bien.

— Et on pourrait échapper au manque de médecins. On n'aurait plus besoin d'engager des docteurs ou des soignants étrangers, qui ne comprennent pas notre langue, et à qui les patients ne peuvent même pas expliquer où ils ont mal.

— Arrêtons de dire des horreurs. Tu vois bien que ces solutions n'en sont pas. Quel sénior de chez nous accepterait d'être traité ainsi ? Quel citoyen, quelle citoyenne de base consentirait à ce que ses parents soient traités comme du bétail que l'on mène à l'abattoir ? Si le gouvernement veut se débarrasser des séniors, il devra fixer un âge à partir duquel il se débarrassera des S.D.I.

—Des S.D.I...

— Oui, des « séniors devenus inutiles ». Il faudra qu'il innove, et qu'il organise l'extermination des S.D.I. en toute discrétion. Comme Marcel Aymé dans la jument verte : « *Il y avait vingt-huit centenaires dans la commune sans compter les vieux d'entre* soixante-dix et cent ans, qui formaient la moitié de la population. *On en avait bien abattu quelques-uns, mais de telles exécutions ne pouvaient être que le fait d'initiatives privées, et le village, sommeillant, perclus, ossifié, était triste comme un dimanche au paradis.* » Mais c'est en apprenant la nouvelle de l'existence d'une jument vert pomme qu'eut lieu le drame. « *Un grand rire parcourut la foule, puis on vit un vieillard battre l'air de ses bras et tomber raide mort dans sa cent huitième année. Alors, le rire de la foule devint énorme, chacun se tenait le ventre à deux mains pour rigoler tout son soûl. Les centenaires s'étaient mis à tomber comme des mouches, et on les aidait, à grands coups de pied dans l'estomac.*

—*Encore un ! C'est le vieux Rousselier ! À un autre ! En moins d'une demi-heure, il trépassa sept centenaires, trois nonagénaires, un octogénaire. Il y en avait qui ne se sentaient pas bien. Sur le seuil de l'écurie, Haudoin songeait à son vieux père qui mangeait comme quatre, et il se tournait vers sa femme pour lui faire observer que les plus à plaindre n'étaient pas ceux qui s'en allaient, mais bien ceux qui restaient.* »

Les habitants de Claquebue dont on nous parle ici savaient donc profiter des circonstances pour aider les vieux devenus inutiles à mourir, ce qui semblait être une décision commune, prise sur le vif. Mais certaines familles allaient justement abattre leur propre vieux, ce qui était une initiative individuelle.

Un bel enterrement ressoudait les familles et débar-rassait le village de bouches devenues inutiles.

— Ou alors, on pourrait persuader les séniors qu'ils étaient devenus inutiles, et que, dans leur propre in-térêt et dans celui de leur famille, voire du pays, ils devaient mettre eux-mêmes un terme à leur vie.

— Et comment va-t-on les persuader ?

— Grâce à une cellule psychologique constituée pour cela. Nous avons beaucoup de psychologues qui pourraient se spécialiser dans la persuasion des séniors. Par des discussions, le recours à l'hypnose ou à des médicaments, on devrait pouvoir leur faire comprendre la situation, et leur enlever la peur de la mort, bien compréhensible dans leur cas.

— Et tu crois qu'ils iraient se suicider dans la joie, la fleur aux dents ?

— Il faudrait s'adapter à chaque cas, fournir des aides, les accompagner, comme on le fait déjà en Belgique ou en Suisse avec les malades incurables qui choisissent de quitter cette terre sans souf-frances.

— Il y a quand même une petite différence : ceux dont tu parles sont mourants. Ce n'est pas le cas pour nos S.D.I., qui sont peut-être dans une forme éblouissante, et qui n'envisagent pas encore leur mort.

— D'où la nécessité de les persuader et de les ac-compagner psychologiquement.

— Je vais dire une chose horrible : si l'État n'arrive pas à les persuader, il y a bien sûr la possibilité de les trucider en douce. Ce qui nécessiterait l'emploi de forces spéciales, comme le R.A.I.D. par exemple, qui ferait ce travail vite et bien, en toute discrétion.

— Je crois que nous avons assez divagué pour ce soir. Si on passait à un autre sujet ?

— Pourquoi pas ? Mais si nous avons réfléchi ainsi, c'était tout simplement pour explorer les possibilités qui s'ouvraient devant un tel projet qui me semble bien difficile à organiser et même à justifier.

— Mais qui nous pend au nez, à nous, les séniors… Mais passons à autre chose et profitions bien de notre retraite. Justement, on donne « La grande Bouffe » à la télé. Cela nous changerait les idées. »

Et ces deux retraités sans femme, non-fumeurs, vivant sans excitants donc, se prirent une nouvelle bière, trouvèrent dans le frigo de quoi manger sans grosse préparation, et allumèrent la télé pour voir le chef-d'œuvre un peu scabreux de Marco Ferreri.

En préparant la visite au Service psychologique des séniors

Il restait encore quelques jours de répit avant la visite au Service psychologique de Pôle séniors. Antoine passait en revue tout ce qu'il avait dit avec Louis au cours de leurs élucubrations communes.

Il lui paraissait de plus en plus improbable que l'État se mette ainsi à éliminer les Séniors. Les lois en vigueur ne le permettaient pas en l'état actuel. Mais devant l'urgence de la situation financière déplorable, et surtout après le discours du président de la République sur le programme pauvreté qu'il avait prononcé la semaine précédente, il devenait clair qu'il allait se passer quelque chose. Avec les «godillots» de l'Assemblée nationale qui écoutaient la voix de leur maître, et ce d'autant plus qu'ils lui devaient leur siège de député et qu'ils désiraient le garder, on pouvait s'attendre à la création de certaines lois scélérates. En cas de difficulté, le gouvernement pouvait se faire octroyer le droit de gouverner par ordonnances, ou bien mettre en service le fameux article 16, en invoquant « *une menace grave et immédiate des institutions de la République, de l'indépendance de la Nation, de l'intégrité de son territoire ou de l'exécution de ses engagements internationaux* ».

Il lui suffisait de prendre officiellement le conseil du Premier ministre, des présidents des assemblées (soit le président de l'Assemblée nationale et le président du Sénat) ainsi que du Conseil constitutionnel.

Le président n'étant nullement obligé de suivre leurs conseils, la cause était entendue.

Il y avait donc danger que la situation devienne difficile pour les séniors, donc, pour Antoine ou Louis. Antoine prit conscience du danger qu'il courait désormais.

Tant qu'il était jeune, il ne pensait pas à la mort. La première fois qu'il fut confronté à l'idée de son propre décès, ce fut en mai 1968. À l'époque, les grèves se succédaient, sporadiques, plus ou moins longues, et touchaient la radio, la télévision, la distribution d'électricité, celle du carburant, si bien que l'on se retrouvait souvent seul et désœuvré, face à soi-même et à son ennui. C'est alors qu'il fut pris, un matin de grèves multiples, d'une peur panique, de celles qui vous donnent froid dans le dos, et fait perler des gouttes de sueur dues à l'angoisse sur vos tempes, votre front et même dans votre dos. Il se représenta alors sa mort comme une perte de vie. Ce qui le dérangeait le plus, ce n'était pas d'être mort, mais d'avoir perdu la vie, avec toutes ses sensations. Le cerveau s'éteint comme un ordinateur, et plus rien ne fonctionne. C'est le noir et le vide absolus, sans espoir de retour. Les gens croyants pouvaient s'imaginer une vie au paradis, au milieu de félicités. Les djihadistes qui allaient mourir au combat pouvaient s'imaginer d'être accueillis par plusieurs dizaines de femmes vierges.

Même ceux qui étaient destinés à l'enfer, dans une marmite ou sur un gril, étaient appelés à avoir des sensations. Mais le non croyant, lui, n'a aucun espoir. Il s'éteint, « ploutch », et c'est fini.

Lorsque le courant fut revenu, que la radio et la télévision eurent repris leurs émissions, et que la distribution du carburant eut rempli les réservoirs vides, il put à nouveau se déplacer. Comme les examens qu'il devait passer en juin avaient tous été remis à septembre, il partit avec Louis faire un tour en Autriche.

Cette peur existentielle disparut avec le désœuvrement. Elle revint à plusieurs reprises, en général quand il n'avait rien à faire, mais il apprit très vite à penser à autre chose dès qu'il sentait venir la crise. Mais voilà, quand on se retrouve à soixante-dix ans bien sonnés, que l'on se rend compte de cet âge presque canonique, que l'on apprend la disparition de gens qu'on connaît, souvent plus jeunes que soi, et qui meurent de maladie ou de vieillesse, on finit par se sentir coincé dans une espèce de couloir étroit, dans lequel on ne peut plus faire demi-tour, même pas par une pirouette, et que l'on ne pourra quitter qu'en poussant la porte de la mort. Et cette éventualité paraissait d'autant plus proche qu'une menace pointait à l'horizon, celle de l'élimination proche et imparable.

Il se sentait coincé comme le fameux lapin dans les phares de la voiture qui va l'écraser.

Le Service psychologique des séniors se trouvait dans une villa de taille modeste, dans un jardin envahi par les broussailles, qui ressemblait à la maison de pierre des trois petits cochons.

Il entra et se retrouva dans une salle d'attente étriquée. Il était seul, et s'assit sur l'un des trois fauteuils. Sur une petite table, quelques revues grand public, comportant bizarrement toutes un visage de femme, le plus souvent blonde, s'offraient à la curiosité des patients.

Au bout de dix minutes d'attente dans un silence de cathédrale, il se demandait s'il allait rester seul bien longtemps lorsqu'entra une petite bonne-femme brune, arborant une triste queue de cheval, et portant des lunettes épaisses. C'était une caricature de psychologue de dessin animé, entre Mr Magoo et Droopy, dégageant un fort sentiment d'ennui et un manque d'énergie phénoménal. Monsieur Cossu père aurait dit que c'était un remède contre l'amour. Sortie d'une porte donnant sur la salle d'attente, elle fonça directement sur lui et lui demanda : « Vous êtes Monsieur Cossu Antoine ? »

— Oui, Antoine Cossu reprit Antoine, qui se demandait toujours pourquoi les gens mettaient toujours le prénom après le nom, alors que « pré » signifiait « avant ».

— Suivez-moi, s'il vous plaît. »
Elle était à elle toute seule un vrai florilège du dessin animé, avec sa voix de Donald et sa démarche à la Clarabelle, la vache amie de Goofy Dingo. Elle le conduisit dans une petite pièce occupée par un bureau couvert de chemises de dossiers, empilées les unes sur les autres. Rien ne prouvait qu'elles contenaient vraiment des documents. Elles étaient sans doute posées là pour faire croire que leur propriétaire était débordée de travail. Elle le fit asseoir sur une chaise en bois, tandis qu'elle prenait place dans un vaste fauteuil. C'était la méthode bien connue, souvent utilisée pour montrer à quelqu'un qui est le chef : tandis que le subalterne est assis sur une chaise inconfortable, son vis-à-vis se vautre dans un fauteuil accueillant. L'inconfort est le signe qu'on est seulement de passage, et que c'est l'autre qui est le véritable occupant des lieux.
Le moucheron est sur la chaise, l'araignée sur le fauteuil, prête à dévorer le moucheron.

Une fois installée, la Droopy à lunettes prit la parole : « Cher Monsieur Cossu… et elle toussota un peu. C'est moi qui suis chargée de vous aider à faire vos choix pour les deux mois qui viennent.
— Mais de quels choix s'agit-il ?
— Vous êtes déjà passé à Pôle séniors ?
— Oui.
—Et qu'en avez-vous retenu ?

— J'ai cru comprendre que l'État rencontrait des difficultés financières particulièrement graves et qu'il devait faire des économies.

— Oui. Continuez…

— Eh bien, le gouvernement traque les derniers sous qui lui manquent. Les riches, que le président voit comme les premiers de cordée, ont eu divers cadeaux. L'argent des impôts qu'ils n'ont plus à payer manque. Les classes moyennes sont déjà assez pressurées et ne peuvent pas payer plus. En outre, il faut encore soutenir financièrement les plus démunis pour avoir la paix sociale. Les classes les plus pauvres n'ont plus de travail, le gouvernement peinant à relancer l'économie. On va regrouper les aides auxquelles les pauvres ont droit. Pour financer toute ces aides, on va traquer les dépenses inconsidérées, et pour cela, se débarrasser des bouches inutiles : en particulier, les handicapés si possible avant leur naissance et les personnes âgées qui coûtent cher alors qu'elles ne rapportent plus rien. Si on pouvait les priver de leur retraite le plus tôt possible, on le ferait bien volontiers. Comme on ne peut pas encore les faire disparaître légalement, on veut le faire par la ruse. Si tous les vieux allaient se suicider les uns derrière les autres, comme les moutons de Panurge, en se jetant à la queue leu leu d'une falaise, cela arrangerait tout le monde. Mais pour les encourager à mettre fin à leurs jours, ce qui permettrait d'économiser leur retraite, on va essayer de les persuader que c'est la meilleure solution pour eux. Je suppose que c'est pour cela que je suis là.

— Cher Monsieur, vous noircissez un peu trop le tableau. Il ne faut pas voir les choses sous cet angle. Vous avez mené une belle vie jusqu'à présent. »

Et elle attaqua le problème en essayant de lui faire sentir que la vie d'un sénior était de moins en moins facile. Les maladies finissaient par attaquer et remporter la victoire : cancer, Alzheimer, maladie de Parkinson, dégénérescences diverses et variées, toutes maladies douloureuses et fort handicapantes. Pour s'éviter tous ces problèmes, ces douleurs, ce lent naufrage, il était possible de leur échapper en mettant fin à son existence volontairement.

Comme Antoine s'étonnait de cette horrible proposition, il lui fit remarquer que, pour l'instant, son existence lui convenait. Il n'avait aucune intention d'y mettre fin. Et même, pour vivre encore plus longtemps et dans une relative bonne forme, il faisait chaque semaine deux séances de pédalage de trente minutes chacune sur un vélo d'appartement, couronnées le dimanche par un jogging de 45 minutes.

Pour la provoquer, il lui demanda si elle en faisait autant. Elle répondit non avec une intonation de mépris, celui que certains intellectuels ressentent pour les physiques qui suent.

Elle rappela les mots d'un intellectuel incontesté, Winston Churchill, qui révélait le secret de sa longévité ainsi : « No sport ! »

Antoine se dit qu'il aurait aussi bien pu répondre en citant l'alcool, qu'il consommait sans retenue, et le cigare qui empestait son entourage.

Il se demanda si la Droopy à lunettes buvait, mais il ne la voyait pas fumer le cigare.

Voyant qu'il n'était pas candidat au suicide, elle attaqua sous un autre angle, se disant que, peut-être, c'était la peur de mourir dans de grandes souffrances qui le freinait. Elle lui proposa une fin comme en Suisse ou en Belgique, où l'on mourait entouré de tendresse, avec une musique de circonstance, dans une sorte de brouillard ouaté, grâce à des produits adaptés.

Antoine lui répondit que la douleur ne lui faisait pas peur. Ce qui le gênait, c'était de partir de la cafetière, de souffrir de sénilité, de se faire dans la culotte et de dépendre des autres pour se nettoyer, semblable à un gros bébé dans sa couche.

Et encore, s'il devait être sénile, il ne se rendrait pas compte de ses disgrâces. À moins que de temps à autre un éclair de lucidité, qui lui montrerait son véritable état, ne vienne le faire bien souffrir, mais pas trop longtemps, car sa sénilité reprendrait bien vite le dessus.

On verrait bien, et on s'en remettrait aux soins palliatifs. En tout cas, il était encore trop tôt pour y penser. Il n'allait pas renoncer aux samedis soirs avec sa copine Ghislaine, indispensables à son équilibre sexuel et sentimental, aux discussions avec son ami

Louis, pendant lesquelles ils refaisaient le monde, encouragés par quelques bières. Il n'avait pas du tout l'intention de renoncer à ces plaisirs, qu'ils pressentait assez nombreux encore.

Décidément, cet Antoine énervait la Droopy à lunettes, qui tentait, en bonne psychologue, de garder son calme. Il allait falloir l'attaquer autrement, veiller à lui donner mauvaise conscience, le forcer à agir pour éviter l'orage de la honte qu'elle allait faire éclater au-dessus de sa tête.

« Vous n'avez jamais l'impression d'une certaine inutilité ? Soyons francs : vous êtes vieux, plus très beau, et vous ne travaillez plus. Vous êtes, une bouche inutile, un boulet pour la société, et vous vivez à ses crochets. »

Le sang d'Antoine ne fit qu'un tour. Lui, un inutile ? Il avait travaillé pendant quarante ans, avait cotisé pour cette retraite pendant tout ce temps. Et c'était cet avorton de psychologue, cette victime d'un coup mal tiré qui venait lui dire cela en face, elle qui était aussi utile qu'une punaise des bois. Il essaya de lui dire tout cela aussi calmement que possible, mais ne parvint pas à cacher son agacement.

« Et vous, quelle est votre utilité ? Vous venez demander à d'honnêtes citoyens qui ont travaillé toute leur vie et cotisé pour leur retraite d'y renoncer en se suicidant pour permettre à l'État qui vous paie, et qui n'est pas fichu de relancer l'économie, de récupérer de l'argent. »

En fine psychologue, elle comprit qu'elle n'arriverait à rien avec ce sénior qui était très loin d'être ramolli, voire mourant, n'aspirant plus qu'à se laisser mourir. Elle allait devoir en référer aux responsables du projet, leur conseiller de remonter la limite de soixantedix à quatre-vingts ans, voire quatre-vingt-dix, car les séniors d'aujourd'hui sont plus combattifs que ceux d'avant.

La persuasion par la psychologie ne marcherait pas. Peut-être pourrait-on les hypnotiser, et les amener à se suicider d'eux-mêmes ?

Sinon, il faudrait recourir à d'autres moyens, qui n'étaient pas de son ressort, et qu'elle réprouvait, même s'ils étaient efficaces.

Elle trouvait déjà son rôle de psychologue dévoyé. Mais elle n'avait pas pu échapper aux responsables du projet, qui savaient qu'elle avait des ennuis avec le fisc, et qui lui avaient promis d'arranger sa situation à condition qu'elle accepte de s'investir dans leur projet. Ils lui avaient même fait miroiter le poste de directrice de la cellule psychologique de Pôle pro séniors de Provence-Alpes-Côte d'Azur.

Mais quand elle se regardait dans la glace, elle avait du mal à se supporter, trouvant qu'elle ne dégageait aucun charisme.

Elle dut se résoudre à le laisser partir sans avoir rien obtenu, non sans l'avoir renvoyé à Pôle pro séniors, qui verrait avec lui comment continuer.

Antoine est rentré de son rendez-vous carrément hors de lui. Il n'acceptait pas qu'on le considère officiellement comme vieille bouche inutile vivant aux crochets des jeunes générations laborieuses, rayant d'un trait de plume son engagement passé.

Il demanda à Louis de passer dans la soirée, car il fallait absolument qu'il parle de tout cela avec quelqu'un.

Louis ne résistait jamais longtemps à la perspective d'un apéritif, surtout s'il y avait des cacahuètes ou des amuse-gueules.

Une fois l'apéritif servi, Antoine se cala dans son fauteuil et fit son rapport sur la visite au service psychologique.

« C'est bizarre toute cette histoire. On dirait que le gouvernement veut faire des économies forcées sur le dos d'une partie de la population.
On raccourcit les aides pour les étudiants, l'aide au logement pour les locataires de HLM, on met au point des usines à gaz pour la santé, la pauvreté et l'école tout en supprimant des postes de fonctionnaires. Et ce n'est qu'un début.
Maintenant, on a la très nette impression que ce sont les séniors qui sont dans le collimateur, et toi par conséquent.

— Plutôt, oui, remarqua Antoine. J'ai bien suivi la tactique de la Droopy à lunettes. Elle a d'abord essayé de me persuader que je n'avais plus rien à attendre de la vie, à part des maladies, des soucis et des souffrances. Elle a ensuite insisté pour me présenter les différentes manières de quitter ce monde dans la paix et la sérénité.

— La mort dans la joie, comme il y a un accouchement sans douleurs.

— Ou l'anglais sans peine, grâce à la méthode Assimil. Et comme elle voyait que je n'étais pas chaud pour mourir, elle a tenté de me faire honte en me traitant de bouche inutile, et en déplorant que je touche une retraite alors que je ne fais plus rien pour la communauté.

— Pourtant c'est le principe d'une retraite : cotiser tant que l'on travaille, et profiter des droits acquis pour se reposer lorsque les forces diminuent. — Oui. Mais on dirait que c'est une provocation que de toucher sa retraite pendant des années. Et plus on vieillit, plus ce sentiment de provocation augmente.

— Bientôt, on va décerner la Légion d'honneur à titre posthume à ceux qui décèdent dans la première année de leur retraite .

— Pas que je sache. Mais il faudrait transmettre cette idée au gouvernement. Il y a tellement de gens qui sont prêts à tout pour avoir le ruban rouge. Je suis sûr que beaucoup seraient partants, c'est le cas de le dire. Ils seraient nombreux à accepter de mourir pourvu que l'on mette sur le cercueil la fameuse décoration.

— Et pourquoi pas le Panthéon, puisqu'on y est, ou un monument aux morts pour ceux qui se sacrifient en renonçant à la retraite par décès.

— Et que dirais-tu d'un sénior, inconnu, comme il y a un soldat inconnu ?

— Il est vrai que cela aurait de la gueule. Mais redevenons sérieux. Elle a essayé de te culpabiliser pour que tu te suicides ou que tu acceptes la mort par suicide accompagné, avec sédation.

— Et tu aurais dû voir sa tête quand j'ai démonté son système : elle a failli en avaler son dentier. Et elle m'a renvoyé sans plus tarder vers Pôle séniors, la psychologie étant impuissante à me faire prendre des vessies pour des lanternes.

— Et que peuvent bien faire ces gens-là pour t'aider à prendre la solution qu'ils veulent t'imposer ? — Je ne sais pas. Je ne vois pas comment ils pourraient m'obliger à faire ce qu'ils veulent.

— Et tu as rendez-vous quand ?

— Lundi prochain.

— J'irai avec toi, et je t'attendrai devant la porte, au cas où ils décideraient de te garder, ou même de te faire disparaître. Si tu ne ressortais pas du bureau, j'alerterais la police, ou la presse si nécessaire. » Et ils retournèrent à leur cher apéritif. Enfin un vrai plaisir sans arrière-pensée ! La retraite n'était pas aussi triste que le prétendaient ceux de Pôle séniors.

Le samedi suivant, deux jours avant le rendez-vous chez Pôle séniors, le téléphone sonna vers dix-sept heures. C'était Louis, qui disait avoir obtenu des nouvelles de première main de Jacques, un de ses cousins, qui travaillait au cabinet du préfet.

Jacques lui avait parlé d'une opération baptisée «vieux débris », qui concernait les séniors. C'était un titre évocateur qui disait bien le respect qu'avaient l'État et ses serviteurs pour nos aînés. Mais le président, toujours soucieux de communication, et qui avait de la culture, préféra **Mathusalem**, homme dont parle la bible, qui était censé avoir vécu 969 ans et qui, heureusement pour l'État, n'avait jamais touché de retraite.

Mais Louis ne voulut pas en dire plus au téléphone sans que l'on puisse savoir s'il avait peur d'être écouté par des services occultes, ou si, plus simplement, il espérait profiter d'un nouvel apéritif.

Il arriva tout excité et ne se calma quelque peu qu'après la première gorgée de bière.

Louis raconta alors qu'ayant parlé à son cousin Jacques des problèmes d'Antoine, celui-ci avait fait le rapprochement entre l'opération Mathusalem et l'affaire d'Antoine.

D'après lui, il s'agissait d'un ballon d'essai. Le gouvernement avait décidé de faire des économies sur le plus de gens possibles. L'idée de s'attaquer aux retraités venait de l'un des plus proches collaborateurs du président de la République. Cependant, personne ne savait comment organiser les récupérations : comment amener les retraités à se sacrifier pour les plus jeunes, comment aider ceux qui ont peur de mourir à le faire, comment récupérer les legs possibles, comment recycler les retraites non payées et les réorienter vers d'autres postes. Comment persuader un retraité de se suicider librement, comment l'accompagner psychologiquement ? Que faire si le sénior est rétif, voire agressif ? À partir de quel âge doit-on les pousser vers la sortie ?

On avait décidé de lancer un projet expérimental grandeur nature limité dans un premier temps aux Bouches-du-Rhône, et qui servirait à clarifier ces divers points et à mettre au point un système de récupération des retraites par élimination volontaire, encouragée ou carrément forcée.

On venait de commencer cette étude, et on avait fixé un premier seuil à soixante-dix ans. Celui-ci était amené à évoluer au cas où il s'avérerait trop difficile de convaincre, par la force ou par la ruse, les séniors septuagénaires, encore vifs et susceptibles de résister. En effet, il fallait rester dans le strict cadre des lois, qui elles empêchaient, comme on s'en doute, de forcer les gens à mourir pour qu'ils abandonnent leur retraite.

Ce projet était complexe, puisqu'il revenait tout simplement à spolier des gens avec leur accord malgré les lois.

Mais pourquoi s'attaquer aux retraités ? Parce qu'ils représentaient un énorme fonds, dont l'État pourrait disposer pour sortir du marasme financier actuel et mener une politique plus dynamique.

De plus, les retraités, vu leur grand âge, coûtaient cher en analyses, médicaments et opérations, séjours en maison de repos ou en maisons de retraite De plus, ils utilisaient des fauteuils ou des déambulateurs, certains des lits médicalisés, des crèmes et des couches pour adultes, et tout cela revenait cher à la collectivité.

La perspective de gains substantiels et celle d'économies considérables amenaient l'État à s'intéresser avant tout aux séniors.

Au chapitre des dépenses, on devait considérer celles qu'occasionnaient les handicapés, ainsi que les enfants. Mais alors que l'argent dépensé pour les enfants pouvait être considéré comme un investissement, un pari pour l'avenir, il n'en était pas de même pour les handicapés et les séniors, surtout ces derniers, à qui il fallait donner des sommes folles sous la forme de retraites.

Il avait donc été décidé en haut lieu que cet essai durerait un an, et que l'on ferait le point au bout d'un an pour ajuster les mesures à prendre.

Tout était clair, maintenant. Antoine avait compris qu'il était un cobaye dans une étude, tel un rat dans une expérience. Il avait d'abord pensé qu'il suffirait de pratiquer la résistance par inertie, de les laisser proposer tout en refusant d'obtempérer, pour qu'ils se découragent vite.

Mais le gouvernement avait tellement besoin d'argent, la France ayant trois mille milliards de dettes, que l'option de l'élimination des séniors était une priorité absolue. Il n'était donc pas disposé à abandonner cette idée et saurait motiver ses troupes.

Et puis, lui fit remarquer Louis, un sénior qui se suicide ou que l'on a poussé à le faire pendant le temps du projet restera mort, même si l'on abandonnait complètement ce projet.

Si l'on voulait vraiment mettre un terme à cet essai, il faudrait se montrer accrocheur et ne pas se laisser impressionner. Après tout, la loi devrait empêcher les abus.

Il allait donc falloir jouer serré, même si aucun des deux amis ne pouvait imaginer qu'il serait possible d'obliger Antoine à se suicider pour renoncer à sa retraite, lui qui voulait jouir aussi longtemps que possible de sa vie, même si elle était des plus banales. Et sans son assentiment, nul ne pourrait l'obliger de renoncer aux quelques rares joies qui lui restaient à vivre. À moins que ces gens-là n'emploient la ruse ou la force, évidemment.

Il serait exagéré de dire que c'est avec plaisir qu'Antoine retrouvait Pruneau sec. Il lui semblait pourtant qu'il l'avait toujours connu, qu'il faisait partie des meubles. Pourtant, il ne savait rien de lui et ne savait pas de quoi il était capable.

Il avait eu beau se renseigner autour de lui, personne n'avait jamais eu affaire à Pôle séniors. La plupart des gens n'en avaient jamais entendu parler, et lorsqu'il les avait interrogés, avaient dit, incrédules : « Le Pôle quoi ? »

Il est vrai que la création de ce Pôle était récente, et que sa portée était modeste. Sans compter que, en tant qu'organe d'une unité de recherche, il devait encore passablement tâtonner, si bien que son action devait manquer de cohérence.

On ne pouvait pas savoir quelle était la position de Pruneau sec dans l'organigramme, s'il faisait partie des dirigeants ou des comparses.

Ainsi, on ne pouvait pas savoir s'il valait la peine qu'on se dispute avec lui en cas de différend. Se disputer avec un sous-fifre ne servait à rien, car il n'était pas en mesure de modifier quoi que ce soit. C'est comme quand on téléphone à un centre d'appels parce que l'on a des problèmes avec sa box Internet. Celui à qui l'on s'adresse, et qui, d'après son accent, pourrait se trouver à Bamako, n'a peut-être jamais vu une box de sa vie, et ce n'est pas la peine de l'asticoter, de se disputer voire de l'enguir-lander. Il ne peut rien pour vous. Il est simplement là pour remplir une fonction : il occupe un télé-phone, pour donner l'impression au client qui ap-pelle qu'il y a quelqu'un qui est là pour l'aider.

C'était peut-être le cas de Pruneau sec. Il n'était pas au courant de tout et ainsi, il n'était pas un in-terlocuteur valable. On allait voir ce que l'on allait voir. Après un bref séjour dans la salle d'attente, Antoine se retrouva face à Pruneau sec, qui le con-duisit dans son bureau. Il fut à nouveau invité à s'asseoir sur une chaise inconfortable, tandis que son adversaire prenait ses aises dans son fauteuil.

« Alors, Monsieur Cossu, vous avez été insensible aux arguments de ma collègue, Madame Sabrinski ?

— Qui est cette dame ?

— La psychologue en chef du service psychologique qui seconde Pôle séniors.

— Ah bon ! La dame aux grosses lunettes !

— Exactement.

— Eh non ! Elle m'a proposé de mettre fin à mes jours pour que l'État puisse récupérer ma retraite. Vous comprendrez que je ne puisse pas être d'ac-cord.

— Dans ce cas, nous allons vous faire examiner dans le service de gérontologie de l'Unité de court séjour gériatrique.

— Et pourquoi cela ? Je ne suis pas malade.

— Vous savez bien que chaque homme bien por-tant est un malade qui s'ignore !

— Oui, c'est ce que disait le docteur Knock. Mais je m'en fiche bien pas mal d'être malade ou pas. Nous verrons bien.

— Mais en tant que Pôle séniors, nous ne pouvons pas accepter qu'il vous arrive quelque chose !

— Et qu'est-ce que cela peut bien vous faire ?

— Nous ne pouvons pas prendre de risque. Le gouvernement nous a confié votre santé et votre bien-être. Il faut donc que nous vous fassions faire un bilan complet de santé. »

Antoine sentit nettement que le ton changeait, que pruneau sec voulait aller plus loin que la psychologue. Soit il fallait suivre son délire pour voir jusqu'où il irait, ou lui voler dans les plumes pour lui montrer qu'il ne le craignait pas et qu'il restait le maître du jeu, de son jeu. Il se décida pour la première solution, en ancien judoka, habitué à suivre le mouvement de l'adversaire pour mieux le faire chuter.

« Mais que vous importe ma santé ?

— Vous savez bien que les personnes âgées peuvent avoir toutes sortes de maux qui quelquefois nécessitent des séjours prolongés à l'hôpital, et reviennent cher en soins, en analyses et en médicaments.

— Et en quoi cela vous concerne-t-il ?

— Comme je vous le disais à l'instant, Pôle séniors a été chargé de la gestion des séniors. Le but du président est d'empêcher le gaspillage, afin de faire des économies permettant de relancer l'économie.

Comme le dit le proverbe, « mieux vaut prévenir que guérir ». Selon ce principe, nous voulons amener les séniors à subir une série d'examens à l'hôpital, afin d'intervenir au début de la maladie, et non lorsqu'elle est établie.

— Et qui va payer tout cela ?

— La Sécu, bien sûr. Vous avez sûrement déjà reçu une invitation pour des analyses, dans le cadre de la prévention du cancer de la prostate ou du côlon.

— C'est vrai.

— Et, bien sûr, vous avez répondu à ces invitations…

— Pas du tout.

— Ce n'est pas raisonnable. Bien des maladies se laissent guérir si on les prend à temps.

— Peut-être. Mais je préfère ne pas connaître les causes ni la date de ma mort.

— Vous savez ce que ces maladies coûtent à la Sécu, et donc, au contribuable ?

— Je sais que le citoyen a le droit de choisir lui-même sa vie et son futur.

— C'est votre droit de le croire. En tout cas, le président est d'avis que les citoyens sont libres de leurs choix, mais qu'en même temps, c'est leur devoir de faire en sorte que les dépenses de santé n'explosent pas. Il a donné au gouvernement des instructions pour que celui-ci fasse des économies. C'est pour cela qu'il a été décidé d'agir avec discernement. Ainsi, il espère qu'en amenant les séniors à répondre aux invitations à la prévention de maladies. Et pour ne pas disperser les énergies, le Premier ministre a créé Pôle séniors, qui doit gérer les personnes âgées en les conseillant pour qu'elles travaillent à leur santé, et en les encourageant à prendre les bonnes décisions.

C'est pour cela qu'il a été décidé, dans l'intérêt même des séniors, qu'ils devraient subir un bilan de santé.

— Et s'ils refusaient ?

— On leur couperait les vivres jusqu'à ce qu'ils obéissent.

— Donc, si je ne veux pas obtempérer, on me sucrera ma retraite ?

— Exactement. Elle sera gelée jusqu'à ce que vous ayez compris où est votre intérêt, et surtout celui du contribuable, qui, n'étant pas un citron, ne doit pas être pressé plus longtemps.

— Donc, je n'ai plus qu'à me soumettre ?

— C'est vous qui voyez. Vous pouvez aussi aller vous plaindre devant la justice si vous avez du temps et de l'argent à perdre. Mais pour une fois que l'intérêt général coïncide avec le vôtre, pourquoi hésiter ? Vous allez recevoir une invitation officielle du Centre de gériatrie. Vous prendrez rendez-vous, et vous suivrez les instructions.

— Et je n'aurai rien à craindre pour ma retraite ?

— Absolument rien. Alors, nous sommes d'accord ?

— Bien obligés.

_ Vous verrez. Vous ne regretterez pas d'avoir pris la bonne décision. »

Visiblement satisfait de lui, Pruneau sec lui serra vigoureusement la main et le raccompagna.

Antoine, qui avait besoin de parler avec quelqu'un, téléphona à Louis qui, sentant qu'il allait y avoir un apéritif dînatoire, se dépêcha d'arriver.

Louis et Antoine étaient d'accord : la situation se corsait. On sentait bien la volonté des dirigeants d'imposer leur volonté aux séniors. Fallait-il croire qu'il suffisait de les obliger à se faire examiner pour faire des économies substantielles. Ou bien fallait-il s'attendre à un coup en vache. Antoine connaissait plus d'un camarade qui était sorti de l'hôpital les pieds devant, alors qu'il était rentré pour une opération bénigne.

Il avait lu sur Internet qu'en France, on estimait que le risque d'infection nosocomiale intervient dans 6 à 7 % des hospitalisations. Cela représentait donc environ 750 000 cas chaque année sur 15 millions de patients. Parmi les personnes les plus fragiles comptaient les personnes âgées.

On estimait que les infections nosocomiales représentaient 22 % des évènements graves liés aux soins. C'était le troisième risque le plus élevé derrière ceux qui faisaient suite à une intervention chirurgicale (37,5 %), et ceux des accidents médicamenteux (27,5 %).

Ce n'était guère encourageant. Et cela avait donné à Louis une idée : et si on faisait rentrer les séniors à l'hôpital dans le seul but de les faire disparaître ? « On n'a plus qu'à dire que le vieux est mort d'une maladie nosocomiale, et le tour est joué.

— Mais quand-même, on voit bien si les gens sont morts d'une telle maladie ou d'un coup derrière les oreilles !

— C'est sûr. Mais il y aura bien un médecin dans le tas chargé de signer le permis d'inhumer. Il suffit qu'il y en ait un qui accepte, et, si j'ose dire, c'est dans la boîte.

Après, c'est une question de confiance. Mais on peut imaginer toutes sortes de cas de figure : le patient meurt d'une embolie gazeuse par injection d'air, ou d'un mauvais coup de bistouri lors d'une banale opération. Ou encore, un médecin injecte un cocktail de streptocoques dorés.

—Ceux qui se camouflent dans les salles d'opérations?

— Oui. Si certains viennent de souches sauvages, il peut aussi en exister qui sont obtenus dans des élevages.

— Mais cela nécessiterait une véritable organisation.

— Et qui te dit que Pôle séniors ne chapeauterait pas une telle organisation ? Il y aurait les chasseurs de vieux, comme ce Pruneau sec. Grâce à ses psychologues, il amènerait les plus naïfs à se plier volontairement à leurs règles. Les plus coriaces, comme toi, iraient se faire examiner grâce à l'utilisation alternative de la carotte et du bâton.

—Et qu'est-ce qui arriverait à ceux qui sont assez fortunés pour se passer de leur retraite ?

— On pourrait imaginer qu'on les laisserait tranquilles, comme on le fait avec les riches, dans ce pays. Car ils ne coûteraient pas beaucoup à la collectivité. Ou alors, si le pouvoir est tenace, on pourrait imaginer une troupe de chasseurs qui les poursuivraient. On vient juste de diminuer de moitié le prix du permis de chasse. Les chasseurs doivent un retour d'ascenseur au pouvoir. Et puis, imagine la jouissance que leur apporterait la chasse aux vieux.

— Oui, bien sûr. Mais où est donc la morale, dans tout cela. Notre président est un humaniste…

— Oui, un humaniste qui favorise les riches par des baisses d'impôts, alors qu'il pénalise les plus faibles en leur raccourcissant les aides qu'ils reçoivent de l'État, qui se moque de ceux qui dépendent de lui, militaires, ministres ou autres. Un humaniste qui accepte qu'on utilise le glyphosate encore quelques années, malgré le danger qu'il représente pour notre santé, ou qui laisse déverser des boues rouges dans le parc national des Calanques. Pour soutenir sa politique qui piétine, il est sans doute prêt à avaler plusieurs couleuvres susceptibles de lui rapporter des voix, et l'argent des riches qui le soutiennent en échange de décisions qui leur sont favorables.

N'oublie pas que Pôle séniors est en période d'essais. On va donc lui demander d'être inventif pour trouver des solutions discrètes et efficaces.

— Et, une fois que je serai à l'hôpital, comment pourrai-je me protéger ?

— Personnellement, je te conseillerais plutôt de renoncer à ta retraite…

— Et comment est-ce que je vivrais ? À tes crochets, peut-être ?

— Tu sais bien que je n'ai qu'une petite retraite. J'ai quitté mon travail beaucoup trop tôt pour qu'elle puisse suffire à deux. Non, nous allons établir une surveillance : nous allons battre le rappel pour réunir beaucoup de copains et de copines, afin que tu aies de nombreuses visites. Nous parlerons aux infirmières et aux médecins pour qu'ils sachent que nous les surveillons de près. Ils n'oseront pas te faire de mal, par peur de dénonciation.

— Alors, je dépendrai de la peur qu'ils auront d'être démasqués…

—En attendant que tu aies ton rendez-vous, nous allons rechercher des informations, et si c'est nécessaire, nous écrirons dans les journaux libres, comme Mediapart. Si tout se passe bien, tant mieux. Nous n'en demandons pas plus. Mais si nos soupçons devaient se révéler fondés, alors, nous aurions à intervenir.

— Si vous en avez le temps. Un mauvais coup est si vite arrivé ! Je ne tiens pas à ce que mon nom figure sur un monument aux morts. »

La bohémienne Carmen, héroïne d'opéra bien connue, a vu en tirant les cartes que la mort l'attendait. C'est ce qui lui a fait chanter « La mort, toujours la mort... »

C'est exactement ce à quoi pensait Antoine la veille de se rendre à l'hôpital pour une série d'analyses. La mort présentait pour lui plusieurs visages. Peut-être l'attendait-elle tapie dans une mauvaise maladie qui allait se déclarer grâce à une analyse. Elle pouvait aussi bien l'attendre dans un mauvais coup prévu par un des médecins qui lui ferait la peau tout en déclarant sa mort comme naturelle en écrivant lui-même le permis d'inhumer.

Elle pouvait se présenter sous la forme d'une maladie nosocomiale, ayant pour origine un microbe résistant à tous les antibiotiques, du fait de son long séjour en hôpital.

Enfin, elle pouvait l'attendre au bout de son chemin, sous la forme d'une mort naturelle. Il suffirait que l'un de ses organes le lâche, son cœur par exemple.

Mais quel que soit son visage, elle le terrorisait. Quand il sentait qu'il allait y penser, il poussait son cerveau dans une autre direction. Il essayait de penser à un moment heureux, à une personne chère, sa mère, son père, Ghislaine, ou même Louis. Son esprit, dirigé vers un autre sujet, oubliait de penser plus longtemps à la mort.

Mais lorsqu'il n'arrivait pas à détourner la route de ses pensées morbides, il essayait de s'imaginer sans vie, sans pensée, sans sensation, comme un ordinateur que l'on éteint et dont la mémoire se vide toute seule. Même le disque dur est effacé. Non seulement on ne ressent plus rien, on n'a plus aucune sensation ni pensée, on est inerte, et pour l'éternité. Bref, on n'est plus.

C'est ce que disait Panisse, mourant, dans le César de Pagnol. Il ne regretterait pas la mort, mais de perdre la vie « *Je vais regretter mon cor au pied : il ne m'a jamais fait de mal, et il me disait le beau temps ou la pluie... Mon cor au pied, je vais le perdre, car les squelettes n'ont pas de cor.* »

Mais en réalité, ce qu'il ne savait pas, c'est qu'il n'aurait même pas l'occasion de regretter son cor, car il retournerait au néant.

Il enviait les croyants, pour qui il n'y avait pas de problème : le paradis, c'était le rêve. Quant à l'enfer, ses diables, ses douleurs, c'était toujours mieux que le néant. Au moins, on ressentait quelque chose, on n'était pas inerte comme un roc.

Lorsqu'Antoine se retrouvait confronté à l'idée de son propre décès, une sueur froide l'envahissait sur les tempes, dans le dos, et il était pris de tremblements.

Et plus il vieillissait, plus ces pensées venaient l'envahir. Même si, à l'intérieur de lui-même, il se trouvait toujours aussi jeune, plein d'énergie, il sentait bien que son corps ne le suivait plus avec le même élan.

Il courait moins vite, ne sautait presque plus, ni en hauteur, ni lorsqu'il descendait de son escabeau. Il avait tendance à faire attention dans les escaliers, car à son âge, une chute violente était absolument à éviter.

Il y avait donc un fossé qui se creusait entre son esprit, toujours vif, et son corps, de plus en plus fatigué. Mais le plus dur, c'était de devoir se dire que le moment fatidique approchait de plus en plus, et qu'il était inévitable. Ses semaines s'écoulaient rapidement, jour après jour, vendredi après vendredi, qui était pour lui le jour des commissions, un jour pas comme les autres. Il finissait par avoir l'impression que, dans sa semaine, il n'y avait plus qu'un jour : le vendredi. Et ainsi, les jours succédaient aux jours, les vendredis aux vendredis, les semaines aux semaines. Jusqu'à quand ? Nul ne le savait.

D'ailleurs, l'idée de la mort n'était supportable que parce que l'on ne savait pas quand elle aurait lieu. Si quelqu'un vous disait « C'est tel jour, à telle heure.», vous vous diriez au début « J'ai bien le temps… » et vous paniqueriez de plus en plus à mesure que la date approcherait.

Et après la date fatidique, c'est le trou, le néant. Le cerveau s'éteint, le corps se fige, puis se décompose. Alors, on rejoint atome après atome, l'immensité de l'univers, et comme chaque atome prend son indépendance, on disparaît en tant qu'individu, tandis que notre esprit s'évanouit à jamais.

Sa vision de la mort pouvait paraître abstraite. Mais il avait déjà été confronté à elle au cours de sa longue existence.

Son premier cas avait été le décès de son petit frère Philippe, âgé de 20 mois, et qui avait été opéré d'une tumeur au cerveau. Il était mort pendant l'opération. Âgé alors de douze ans à peine, Antoine avait eu un immense chagrin, surtout à la pensée qu'il ne le verrait plus jamais. Ce chagrin ne l'avait jamais vraiment quitté. Pourtant, il n'avait jamais eu l'occasion de le voir mort. Les seules traces de l'existence de Philippe étaient ses photos, montrant un bébé joufflu supposé bien portant, et une inscription sur une tombe au cimetière de Cascade, à Nice.

La première vraie confrontation avec une personne décédée remontait à son séjour au Tchad, lors de son service dans le cadre de la coopération. Son boy Alphonse, qui avait accompagné le Maréchal Leclerc et la deuxième DB en tant qu'aide cuisinier lors de la libération de la France, venait de perdre sa belle-mère. Antoine avait payé le cercueil, qui coûtait dans les vingt euros, une fortune pour le boy, un rien pour Alphonse. Du coup, Alphonse avait tenu à ce qu'il voie l'objet. Il était venu, le cercueil sur le porte-bagages de son vélo, lui montrer une sorte de caisse composée de planches en bois blanc, et où l'on voyait distinctement les clous et les planches. Il avait dû aussi aller voir la défunte. Dans une case, le corps reposait paisiblement dans un drap duquel dépassait une tête. La belle-mère avait l'air d'être paisible, apparemment morte sans douleur et sans regret. Une demi-douzaine de pleureuses, payées par la famille, émettaient des cris désespérés, se tordaient les bras de douleur, et versaient des larmes forcées, telles des actrices de cinéma.

Il vit par le suite son beau-père, paisible, son père, lui aussi tranquille, puis sa belle-mère, elle, l'air révolté, et enfin sa mère, les traits détendus.

Mais quels que soient les sentiments qui les animaient au moment d'être figés par la mort, ils étaient immobiles et froids. Le souffle de la vie, leurs peines et leurs joies avaient disparu. Une fois le corps enterré ou incinéré, ils avaient abandonné ce monde. Et comme pour le petit Philippe, il ne restait plus d'eux qu'une inscription sur une tombe ou une urne, et des photos, quelquefois des écrits ou des dessins qu'ils avaient fait, et quelques meubles qui avaient fait partie de leur vie, et qui avait fini chez Emmaüs ou à la décharge. L'esprit de vie qui les avait animés, lui, avait disparu, était allé peupler des souvenirs, seuls témoignages de leur existence.

Vu ainsi, on peut comprendre l'angoisse d'Antoine, surtout lorsque l'on n'a aucun espoir d'exister encore après la mort, sous quelque forme que ce soit. Le fait de devoir se rendre dans un hôpital pour analyses, sans savoir ce qu'il allait s'y passer vraiment, l'angoissait. En effet, il ne faisait pas confiance aux employés de ce Pôle séniors. On ne savait pas s'ils jouaient franc-jeu, ou s'ils ourdissaient une machination destinée à diriger la vie des séniors vers une mort rapide. Il avait l'impression qu'ils voulaient faire des économies en influant sur leur façon de vivre, mais il ne savait pas jusqu'où ils seraient capables d'aller.

L'unité de court séjour gériatrique

Bizarrement, aucun grand hôpital marseillais n'avait de service de gériatrie. Pôle séniors s'était donc installé en parasite, tel un ver solitaire, dans l'unité de court séjour gériatrique du Centre départemental de Gérontologie dont il parasitait cinq chambres sur les trente dont disposait l'unité.

Il s'occupait d'établir des bilans diagnostiques, et de prendre en charge les traitements thérapeutiques. Ce service avait sans doute été choisi parce qu'il dispensait également des soins palliatifs.

Antoine arriva en taxi, accompagné par son amie Ghislaine, qui voulait absolument voir où il allait passer les trois jours prévus pour l'établissement de son bilan. Les femmes ont souvent le souci de notre bien-être à nous, les hommes, et ce, qu'elles soient nos mères, nos compagnes ou nos filles.

Et bien qu'ils n'habitent pas ensemble, ils formaient un couple, se rencontrant chaque samedi soir pour des activités amoureuses de type sexuel. Ils passaient alors tout le week-end ensemble. Le lundi matin, chacun vaquait à ses occupations, et rentrait, le soir venu, chez soi. C'était un couple intermittent, mais régulier. Et les sentiments qu'ils avaient l'un pour l'autre expliquaient pourquoi si Antoine devait aller à l'hôpital, Ghislaine avait le désir impérieux de l'accompagner. Et l'inverse aurait été tout aussi vrai.

Le bureau d'accueil était tenu par une jeune femme dont l'amabilité rattrapait largement le manque de beauté.

La paperasserie ayant été réglée, ils se dirigèrent vers la chambre qui leur avait été désignée, et qui portait le numéro douze.

Une infirmière déboula de derrière un pilier, portant une chemise d'hôpital, de celles qui tiennent par un bouton ou un nœud de ruban, s'ouvrent largement par l'arrière, et découvrent votre postérieur à tous ceux qui regardent dans sa direction. En abandonnant tous les vêtements avec lesquels vous êtes venu et en enfilant cette feuille de vigne textile, le contraire d'un cache-sexe, vous abandonnez par la même occasion toute pudeur.

Il ne faudra pas jouer les effarouchés lorsque deux aides infirmières viendront vous raser les testicules la veille de l'intervention. Il faudra faire une croix sur votre pudeur et vous laisser faire. D'ailleurs, ne vous faites aucune illusion : les filles ne vous considèrent déjà plus comme un homme viril, mais comme un patient, c'est-à-dire comme de la viande. Il faudra vous faire une raison.

Dans la chambre, il y a un autre lit, mais personne à l'intérieur. Là aussi, le patient doit partager son intimité avec un parfait inconnu qui, s'il a le sommeil léger, le réveillera par ses gémissements, ses râles, ou par des bruits d'origine corporelle, tels que ronflements, rots et pets.

Quelquefois, alors que le patient a enfin trouvé le sommeil, il est réveillé par une infirmière qui allume en grand pour prendre sa tension, comme si le sommeil ne contribuait pas plus à une bonne santé que la connaissance de la tension. Le fait qu'il soit vingt-trois heures trente semble lui donner des ailes, tandis que le patient tente d'émerger de son profond sommeil. On ne saura jamais pourquoi il faut que le personnel hospitalier intervienne aux horaires les plus nocturnes. Cela fait partie peut-être d'un plan qui vise à asservir le patient, à lui montrer qu'il n'est rien, qu'il faut qu'il se soumette. Pour qui se prend-il donc ? Il ne manquerait plus qu'il se prenne pour un client, celui qui est censé être roi. Le roi des quoi ? C'est la question.

On expliqua à Antoine que, le lendemain, il irait passer une radio, puis une IRM. Non, on ne pouvait pas encore lui dire à quelle heure auraient lieu ces interventions. En tout cas, il fallait qu'il soit à jeun. Tout ce que l'on pouvait lui dire, c'est que cela aurait lieu entre 11 heures et 17 heures.
Antoine comprit alors pourquoi il était rangé dans la catégorie des patients. La patience, la passivité et l'obéissance semblaient être les qualités que l'on attendait le plus de lui.
Si tout allait bien, il sortirait le jour d'après. Sinon, tout dépendrait des résultats de ses bilans.

Ghislaine venait de partir. Antoine se demanda comment il allait tuer le temps. Il avait bien un livre à lire, Travelingue, de Marcel Aymé, mais trop de pensées s'entrechoquaient dans sa tête, et il n'arrivait pas à trouver la sérénité nécessaire à une lecture détendue. Il ne savait pas ce que serait le résultat de ses bilans, et cela l'inquiétait. Il ressentait une forte appréhension, et ce d'autant plus qu'il n'était pas certain de la sincérité des médecins, à qui on avait peut-être demandé de se débrouiller pour prendre l'ascendant sur lui.

Il essaya de regarder la télévision, mais il n'y avait que des séries au programme, et leurs scénarios stéréotypés de la femme qui revient au pays après avoir hérité de ses parents, et qui est accueillie comme un chien dans un jeu de quilles le déprimaient au plus haut point. Bien sûr, il y aurait quelques assassinats, et une police qui trouverait le coupable après avoir tâtonné et arrêté, les uns après les autres, tous les habitants du village pour les relâcher sans excuse peu de temps après.

De telles billevesées le démotivaient complètement.

Il préféra passer un survêtement, car il ne tenait pas à exhiber son arrière-train, et alla faire un tour dans le couloir.

C'est ainsi qu'il fit la connaissance de Roger, qui avait seulement un an de plus que lui, un petit homme jovial qui lui raconta qu'il était là depuis une semaine. Il avait subi des examens, et on lui avait trouvé un cœur en fibrillation. Il devait subir une intervention avant la fin de la semaine.

Il avait eu le temps de visiter les alentours, et voulait lui en faire profiter dans les jours qui venaient.

Justement, on ramenait quelqu'un d'une opération sur un lit à roulettes. La forme qui était couchée dessus rappelait un bébé cachalot. De plus près, Antoine se rendit compte qu'il s'agissait d'un homme souffrant au moins d'obésité. Roger, qui le connaissait de vue, lui révéla qu'il souffrait de diabète et qu'il avait des problèmes cardiaques. Il ne savait pas trop de quoi il avait été opéré.

En tout cas, on le fit entrer dans la chambre 12. C'était donc lui qui occupait le lit vide de la chambre d'Antoine. Celui-ci se dit que comme son voisin de chambre avait l'air ensuqué, ce n'est pas lui qui l'ennuierait beaucoup cette nuit.

Roger lui proposa de l'emmener visiter les catacombes après le repas du soir.

En attendant le repas, qui était servi vers dix-huit heures, ils parlèrent avant tout du centre. Celui-ci était situé au premier étage. Les larges baies vitrées du couloir donnaient sur le parking. Cela permettait aux patients passifs de jouir du spectacle des voitures essayant de se garer dans des places plutôt étroites, des occupants qui se tortillaient pour sortir de leur véhicule entre la portière et la carrosserie. Certaines fois, les voitures devaient faire marche arrière pour sortir de la place et libérer les passagers. Quant au conducteur, quel que soit son embonpoint, il était bien obligé de rester dans le véhicule jusqu'à ce qu'il soit garé. Certains, trop gros, devaient sortir par le hayon arrière, ce qui les amenait à se contorsionner encore plus.

Évidemment, ce spectacle n'était pas très varié. Il y avait bien sûr aussi l'arrivée des visiteurs qui, lorsque les patients les avaient reconnus, amenaient un regain d'intérêt.

Roger n'était pas plus qu'Antoine habitué aux hôpitaux. Il était comme lui passé par Pôle séniors. Il n'avait jamais ressenti la moindre gêne et il avait été fort étonné lorsqu'on lui avait déclaré qu'on avait décelé chez lui, pour citer fidèlement le jargon des docteurs, « une fibrillation auriculaire que l'on espérait guérir par une ablation de la fibrillation atriale par cathéter ». Il s'agissait d'une opération d'une durée de deux à trois heures, qui donnait, parait-il, de bons résultats.

Ce qui étonnait Roger le plus, c'est qu'il faisait un jogging régulier depuis plus de trente ans, et qu'il utilisait une montre avec cardiofréquencemètre. Jamais il n'avait rien remarqué. Il avait fallu que Pôle séniors l'envoie faire un bilan pour qu'il découvre son problème.

Cette histoire parut tout de suite bancale à Antoine. Pourquoi Roger ne s'était-il rendu compte de rien au cours des trente dernières années ? Et comment se faisait-il que, tout à coup, et grâce à Pôle séniors, on lui découvre une fibrillation ?

Comment faire pour savoir s'il était vraiment malade ? Antoine lui-même n'avait aucun moyen de le contrôler.

Roger, lui, semblait confiant. Il n'avait aucune raison de se méfier car, contrairement à Antoine, il ne se posait aucune question. Il faut dire que rares sont les personnes qui font des rapprochements entre les faits. Il vaut mieux, pour vivre tranquille, n'être au courant de rien, ne se poser aucune question. Avec les interrogations viennent souvent les ennuis. Ce n'est pas pour rien qu'il y a tant d'imbéciles heureux.

Visite dans les catacombes

Après le repas du soir, Roger et Antoine se rejoignirent et Roger entraîna son camarade vers ce qu'il appelait lui-même les catacombes.
Le centre étant installé au premier, il y avait deux façons de s'y rendre en venant du dehors : soit par un des quatre ascenseurs situés près de l'accueil, soit par un des nombreux escaliers en colimaçon, construits dans un cylindre en béton, et disséminés à intervalles réguliers le long du couloir qui suivait le mur extérieur.
Si l'on voulait pouvoir fureter à sa guise dans le bâtiment, il valait mieux emprunter un escalier. La plupart des gens, personnel comme visiteurs, préféraient prendre l'ascenseur, plus fréquenté donc plus convivial, mieux éclairé et, ce qui ne gâchait rien, moins fatigant.
L'escalier, lui, était sombre comme dans un four, sans aucune lumière extérieure, et l'éclairage réglé par une minuterie pouvait s'éteindre alors que l'on n'avait pas atteint le pallier permettant d'en sortir pour rejoindre le couloir. Il n'y avait qu'un seul interrupteur situé à hauteur du palier. Le bouton était censé être accessible dans l'obscurité grâce à un voyant lumineux rouge. Celui-ci étant dans la plupart des cas déficient, on ne pouvait trouver le bouton qu'en tâtonnant en aveugle, en promenant sa main à diverses hauteurs, car on ne savait pas à quel niveau le bouton se trouvait.

Ces obstacles expliquaient pourquoi les escaliers étaient peu fréquentés, ce qui augmentait une certaine sensation de solitude et d'abandon. L'avantage, c'était que l'on pouvait passer d'un étage à l'autre dans la plus grande des discrétions. Arrivés au sous-sol, ils suivirent un couloir comportant de mystérieuses portes. Roger expliqua que c'était là que se trouvaient les salles d'opération, divers placards contenant du matériel, et, tout au bout, une chambre froide où l'on déposait les corps des patients décédés, en attendant qu'ils soient pris en charge par leurs familles ou les employés des pompes funèbres qui se livraient une guerre farouche pour être les premiers sur place après le décès d'un patient. On disait, mais sans aucune preuve, qu'ils étaient avertis contre paiement par le personnel de l'hôpital, qui arrondissait ainsi ses fins de mois.

Ils traversèrent une salle de réveil assez grande, encombrée de brancards à roulettes vides. Ils arrivèrent ainsi dans la fameuse pièce froide, reconnaissable par sa température, dont le mur du fond abritait d'énormes tiroirs fermés.

Roger, qui se sentait comme chez lui, en ouvrit un et présenta à Antoine un corps de femme : « Voilà Ginette, 74 ans, morte ce matin sans avoir été particulièrement malade. Le personnel médical nous a dit qu'elle avait eu un infarctus. Ce n'est pas de chance. Elle avait été tout simplement envoyée pour un bilan par Pôle séniors. J'ai eu l'occasion de discuter avec elle la veille de sa mort. »

Il lui fit un petit signe d'amitié, et referma le tiroir. Il en ouvrit un autre, juste à côté. « Et voilà Alain, mort à 79 ans d'une chute dans un des escaliers de cet hôpital. Lui aussi avait été envoyé par Pôle séniors.» Antoine ne put s'empêcher de remarquer : « On dirait qu'il ne fait pas bon être envoyé pour bilan par Pôle séniors. J'espère qu'il y en a qui sont rentrés chez eux paisiblement, sur leurs deux pattes. » Il se dit qu'il pouvait essayer de faire la connaissance du plus de gens possibles, et d'aller vérifier, après leur départ, si on les retrouvait dans la chambre froide.

Ce qui frappait, c'était le manque de personnel dans cette pièce. Il en fit la remarque à Roger, qui lui expliqua que les équipes étaient en sous-effectif chronique, et que, leur métier étant dur, les employés se réunissaient souvent à cette heure-ci pour faire la fiesta pendant une heure, avant, pour les uns, de retourner au boulot, et pour les autres, de rentrer chez eux.

Les deux camarades reprirent le chemin du retour et arrivèrent sans faire la moindre rencontre jusqu'à leurs chambres. Chacun réintégra la sienne. Le bébé cachalot ronflait dans son lit tandis qu'Antoine se glissa dans le sien qu'il trouva très étroit. Fatigué, il ne tarda pas à s'endormir et rêva de chambres froides jusqu'à ce que l'équipe de nuit vienne le réveiller pour lui prendre la tension. Il n'eut pas droit à

des médicaments puisqu'il n'était pas encore officiellement malade.

Antoine et l'IRM

Le lendemain, il fut réveillé à six heures par l'équipe de jour, qui venait lui prendre la tension, lui faire une prise de sang et qui distribuait les médicaments aux autres.

On lui rappela à cette occasion qu'il devait subir une IRM. On ne pouvait pas encore lui dire à quelle heure. En tout cas, il devait rester à jeun.

En attendant, il devait se maintenir dans les parages, pour que l'on puisse l'appeler lorsque ce serait le moment d'y aller.

Antoine n'était pas enchanté d'être la victime de telles méthodes. Alors que le moindre médecin généraliste était capable de travailler selon un carnet de rendez-vous, les opérateurs de l'IRM, eux, n'en étaient pas capables. Ils laissaient venir les choses comme elles venaient. Le confort de leurs patients ne les intéressait pas le moins du monde.

Que faire lorsque l'on est en attente sans certitude, pour tuer le temps ? Pour lire, il faut une certaine tranquillité. Regarder la télé, c'est possible. Si le programme est mauvais, on peut toujours zapper. Et si on ne trouve rien d'intéressant, on peut dormir. La télévision est un excellent soporifique.

Il aurait pu aller discuter avec d'autres patients, mais comme c'était sa première IRM, il avait une légère appréhension qui occupait son esprit. Pour savoir à quelle sauce il serait mangé, il avait cherché des explications sur Internet. Le fait que l'IRM ne se servait pas de rayons X lui avait paru de bon augure. En revanche il n'avait pas vraiment compris comment fonctionnait cette technique. Une photo d'un appareil d'IRM de Siemens montrait une sorte de gros anneau en forme de bobine de deux bons mètres de diamètre et de trois mètres de profondeur, percé d'un tunnel de 60 centimètres de diamètre. Une civière sur laquelle était couché le patient s'enfonçait dans le trou comme un hot-dog dans un petit pain. Il était bien précisé dans le texte qu'il fallait éviter d'introduire dans l'appareil toute personne claustrophobe, car la sensation d'écrasement dans un récipient aussi étroit était inévitable. Comme quoi ce fleuron de la technique médicale n'allait pas sans problème.

Vers quinze heures deux brancardiers vinrent le chercher. Ne voyant pas pourquoi il devrait être transporté couché, il décida d'y aller sur ses deux jambes. Il n'allait pas jouer les impotents par plaisir. L'appareil était situé au rez-de-chaussée.

Par chance, il n'eut pas besoin d'attendre. Couché sur la civière, il fut enfoncé dans le tunnel par un opérateur d'âge mûr qui connaissait son affaire.

On s'y sentait forcément à l'étroit. Il préféra fermer les yeux et imaginer de vastes étendues de prairies vertes, parsemées de coquelicots et de bleuets. Il fut vite sur pied et rejoignit rapidement sa chambre.

Le cachalot n'était plus dans son lit, ses affaires avaient toutes disparu.

Antoine se renseigna pour savoir s'il était encore en vie. Après tout, il y a deux façons de sortir de sa chambre : sur ses deux pieds ou les pieds devant. On lui dit qu'il était rentré chez lui parce qu'il était guéri.

C'était sans doute une guérison miraculeuse, comme celles qui ont lieu, dit-on, à Lourdes. En effet, lorsque Antoine avait quitté sa chambre pour aller à l'IRM, le cachalot était encore là, couché, immobile, et à son retour, il était déjà parti.

Il allait falloir enquêter, si possible, sur ce cas étonnant de guérison en trente minutes.

Le lendemain, l'équipe du matin lui annonça la venue du docteur Martin, qui allait lui donner les résultats de son IRM et discuter des conclusions avec lui. Vers neuf heures, un petit homme déplumé, le col de chemise fermé par un nœud papillon, entra dans la chambre. C'était le docteur Martin. Il sortit une chemise de sa serviette, lui mit des documents sous le nez et lui annonça qu'il souffrait d'une dysplasie arythmogène du ventricule droit, que l'on appelle aussi DAVD pour gagner du temps. Cela recouvrait un trouble du rythme cardiaque.

Il allait devoir prendre des médicaments tels que des bêtabloquants.

Mais on allait d'abord procéder à l'ablation par cathéter des foyers de tachycardie.

Ce jargon médical, chargé de lui expliquer son mal, était en fait incompréhensible pour lui. Si les médecins de Molière parlaient latin pour n'être point compris des patients, les médecins d'aujourd'hui parlaient un obscur jargon. Tout ce qu'il avait compris, c'est ce que son cœur battait de façon irrégulière. Il avait déjà entendu parler des bêtabloquants, sans savoir exactement ce que cela recouvrait. Le mot « ablation » le laissait rêveur, car il ne savait pas trop de quoi on voulait l'amputer.

Le médecin ne prit pas le temps de lui expliquer les détails. Il lui expliqua simplement qu'on pourrait procéder à l'ablation le lendemain. L'opération durerait deux à trois heures, bien sûr, sous anesthésie générale. Le docteur Martin, désireux d'abréger la corvée obligatoire d'information du patient, qui devait donner son consentement éclairé à l'opération, prétexta un rendez-vous aussi important qu'imminent, le salua, se leva et quitta la chambre.

On est fondé de se demander, quand on prend la décision de se faire opérer, si le consentement est si éclairé que cela, étant donné le manque de pédagogie, et le manque de coopération des médecins. Il sortit lui aussi à la recherche de Roger, lequel devait être opéré dans la journée.

Celui-ci s'était fait raser les testicules, s'était douché avec un produit antiseptique et avait eu droit à une chemise d'hôpital toute propre.

Il avait bon moral, et s'enquit du bilan d'Antoine. C'était lui, qui allait être opéré, qui réconfortait Antoine. Mais il lui conseilla de consulter son médecin traitant avant de se laisser opérer.

Antoine lui tint compagnie jusqu'à ce que deux brancardiers viennent le chercher. Roger disparut avec un signe d'amitié de la main, le sourire aux lèvres.

Disparition de Roger.

En attendant le retour de Roger, Antoine s'occupa de ses affaires. Il téléphona à Louis pour lui raconter ce que le médecin lui avait dit.

Louis, qui avait noté tout ce que son ami lui avait appris, lui promit d'aller voir le docteur Weber, leur médecin traitant commun, et de lui rapporter ce que le docteur Martin avait cru expliquer.

Antoine téléphona ensuite comme tous les soirs et tous les matins à Ghislaine, qui devait passer le lendemain vers 18 heures après son travail. Elle ne fut pas trop enchantée d'apprendre qu'il ne rentrerait qu'après son opération, qui, de plus, ne devait pas avoir lieu tout de suite.

Vers huit heures du soir, Roger revint de son intervention. Il avait l'air bien fatigué, mais c'était compréhensible après l'anesthésie.

Ils ne purent pas trop parler. Il fallait qu'il se repose. Comme il était déjà tard, il fallut attendre le lendemain pour voir Louis et prendre conseil auprès du Docteur Weber. L'opération était prévue pour le surlendemain. Les visites étant autorisées à partir de 14 heures seulement, il décida d'aller voir Roger dans la matinée.

Dans la chambre de Roger, il trouva le lit vide. Toutes ses affaires avaient disparu. Cela avait un goût de déjà-vu. Tel le cachalot l'autre jour, Roger avait quitté sa chambre dans la plus grande discrétion.

Il alla interroger les infirmières et les aides-soignantes. Comme si elles avaient reçu de leur hiérarchie des éléments de langage, comme disaient les politiciens, elles lui firent toutes la même réponse : il s'était senti mieux et il était rentré chez lui.

Pour le cachalot, passe encore, mais pour Roger, il ne pouvait pas imaginer une seconde qu'il soit parti sans lui dire aurevoir. Et dans les deux cas, la vitesse avec laquelle avaient eu lieu les deux départs avait de quoi surprendre.

Il se promit de faire une visite dans les catacombes pour vérifier quelque chose. Il irait à la même heure que l'autres fois, tandis que les employés de l'endroit feraient la fiesta.

Doutes sur le sexe d'Antoine.

Seulement voilà : c'était seulement une impression. Il manquait encore des preuves. Et comme on n'était pas sûr d'en avoir de sitôt, la première urgence était de mettre Antoine à l'abri, en commençant par contrôler les images venant de l'IRM, pour voir si une intervention se justifiait vraiment.

Le docteur Weber n'était pas à proprement parler un spécialiste d'IRM, mais il pensait pouvoir reconnaître en examinant les documents la pertinence du diagnostic.

Tandis que le docteur, qui venait d'arriver, se rendait dans le secrétariat de l'unité pour se faire montrer les images en qualité de médecin référent d'Antoine, celui-ci discutait avec son ami.

Tous les deux étaient d'accord pour dire que ces deux dernières disparitions étaient vraiment louches et qu'il fallait agir rapidement.

Un quart d'heure après son départ, le docteur Weber revint en riant, brandissant une liasse de documents. Les deux amis, surpris de cette manifestation de joie, se regardèrent, interdits.

« C'est bien un cas de DAVD ! Mais, mon cher, depuis quand êtes-vous une femme ?

— Une femme ! ? s'écria Antoine avec l'intonation du doute.

— C'est en tout cas ce que démontre la présence d'un utérus ! Voyez donc là, dit-il en montrant une forme sur l'une des pages.

— Comment cette page contenant un utérus peut-elle se retrouver dans mes documents ?

— C'est ce qu'il faut demander au docteur de service. Il y a bien votre nom sur la pochette, mais je pense plutôt que cet utérus est à sa place, et que ce n'est pas votre dossier. Le contenu complet n'a rien à voir avec vous.

— Il faudrait que l'on me donne le bon contenu, que vous puissiez l'expertiser pour voir si j'ai cette maladie ou non.

— D'accord, je vais les informer de leur erreur et réclamer le vrai contenu de votre dossier. » Et le docteur partit en sifflotant à l'assaut de la forteresse.

Il revint quinze bonnes minutes plus tard avec la pochette.

« Je leur ai fait remarquer leur erreur, et ils se sont confondus en excuses. Ils ont trouvé vos documents au fond d'un tiroir.

— Et vous avez eu le temps de les voir ?

— Oui, bien sûr. Je peux vous dire que vous ne souffrez pas de DAVD. Et à première vue, vous êtes en bonne santé.

— Je n'ai donc pas besoin de subir cette intervention ?

— Ni celle-ci, ni une autre.

— Ah, tant mieux ! Je peux donc rentrer chez moi ?

— Bien sûr ! Mais Louis m'a dit que vous vouliez aller visiter certaines catacombes. Pouvez-vous le faire à n'importe quelle heure ?

— Non. Ce n'est possible que vers huit heures du soir, lorsque le personnel fait une pause.

— Alors, restez encore cette nuit, sans rien dire, et faites exploser la bombe demain matin. Je vais vous faire une ordonnance disant que le diagnostic de DAVD s'appuyait sur un document ne vous concernant pas et que le vôtre ne contient aucune indication de maladie. Vous leur mettrez ça sous le nez. Je vais photocopier cette ordonnance dans le hall, où se trouve un photocopieur, et je remonte vous donner l'original. Et insistez bien pour garder les documents : le dossier appartient au patient. Vous pourriez en avoir besoin par la suite.

— Merci, Docteur. Heureusement que vous êtes venu et que vous disposez de la compétence nécessaire.

— Et ensuite, je rentrerai à mon cabinet, continua le docteur, modeste comme le sont les gens vraiment intelligents.

— Ghislaine vient me voir à 18 heures. Nous attendrons l'heure de faire notre petit tour. Et elle sortira avant vingt et une heures, l'heure de la fermeture.

— Téléphonez-lui pour lui dire de ne pas oublier son téléphone et de bien le charger pour que vous puissiez prendre des photos, le cas échéant. » Et il partit faire sa photocopie. Il ramena l'original comme promis, et prit congé des deux amis. « On a de la chance qu'il ait accepté de venir avec moi, dit Louis. Sinon, nous n'aurions rien remarqué. »

Louis ne pouvait pas rester plus longtemps. Ils se donnèrent rendez-vous chez Antoine le lendemain, car ils espéraient bien qu'il sortirait bientôt. Et Louis prit le chemin de la sortie.

Catacombes bis

Ghislaine était arrivée vers dix-huit heures trente. Elle avait avec elle son téléphone portable, rechargé à bloc, pour prendre des photos s'il en était besoin. De plus, elle avait apporté deux blouses blanches, afin qu'ils fassent plus « personnel hospitalier » lorsqu'ils arpenteraient les couloirs.

Ghislaine fut soulagée lorsqu'elle apprit qu'Antoine n'avait rien qui justifie une opération.

Elle s'étonnait elle aussi de la désinvolture avec laquelle les gens du Centre traitaient les patients. C'était tellement incroyable que l'on en venait à se demander si tout cela n'était pas voulu. Il y avait bien les idées douteuses de Pôle séniors, mais qui pouvait croire un instant que l'État puisse tenter de se débarrasser de ses retraités simplement pour économiser leur retraite ?

Pourtant, il semblait bien qu'il y ait anguille sous roche. Il fallait absolument en savoir plus. À l'heure prévue, les deux amoureux passèrent leurs blouses blanches et suivirent le chemin pris auparavant avec Roger.

Ils eurent bien une émotion lorsque deux infirmières les croisèrent. Mais un salut amical « salut, collègues » donna le change. Les deux femmes se dirigeaient vraisemblablement avec un peu de retard vers une fête destinée à détendre le personnel. Ils arrivèrent sans encombre à la chambre froide. Ils se précipitèrent vers les tiroirs où étaient entreposés les corps.

Ils tombèrent ainsi sur un pauvre patient décédé, qu'Antoine reconnut tout de suite à son embonpoint et à son visage tranquille. C'était le cachalot. Il n'était donc pas rentré chez lui. Il gisait là, dans un tiroir de l'hôpital où il était mort. Avertie, Ghislaine prit plusieurs photos, en particulier du visage, pour qu'on le reconnaisse bien.

Un soupçon saisit Antoine. Et si Roger était là, lui aussi ?

Ils se mirent en devoir d'inspecter tous les tiroirs.

Mais non, ils ne le trouvèrent pas.

« Et s'il était sur le chemin entre son lit et le tiroir ? » Cela signifierait peut-être qu'il était mourant. Et où met-on les mourants ?

« Allons voir aux soins palliatifs ! proposa Ghislaine. On pourrait se faire passer pour des brancardiers venant chercher Roger.

— Tu parles, je ne connais même pas son nom de famille.

— On peut dire qu'on a oublié le nom, mais qu'on sait qu'il s'appelle Roger !

— Et tu penses qu'ils croiraient des gens venant chercher quelqu'un dont ils ne connaîtraient pas le nom ?

— Alors, on ne pourrait pas non plus enlever les blouses et faire croire qu'on est de sa famille.

— Allons-y au culot. Si quelqu'un nous voit, il ne nous fera pas un trou au derrière, puisque nous en avons déjà un...

— Je ne l'aurais pas dit ainsi, mais d'accord. Allons-y. On improvisera en cas de problème. »

Il fallait remonter au premier, et visiter le Centre de Soins palliatifs. Ils suivirent les flèches et arrivèrent à une première chambre, ou des patients, couchés, étaient reliés à plusieurs perfusions. C'était comme un avant-goût de cimetière, avec des flacons, des tuyaux et un support en guise de croix. Coup de chance, si on peut dire, Antoine reconnut Roger. Il s'approcha de lui et lui parla, mais le pauvre homme était inconscient. Il devait être ensuqué par la morphine qu'on lui avait administrée généreusement.

Il demanda à Ghislaine de le prendre en photo, ce qu'elle fit rapidement. Comme la pièce était éclairée chichement, le flash se déclencha de lui-même. Ils quittèrent ce lieu de désespérance et regagnèrent la chambre 12. C'était bientôt l'heure de la fin des visites.

Avant de se séparer, ils eurent le temps d'établir le plan du lendemain :

- o Aller demander comment le dossier d'Antoine avait pu être remplacé par celui d'une femme.
- o Se faire expliquer pourquoi les médecins ne s'étaient pas rendu compte qu'ils étudiaient un corps féminin, ce que son médecin, modeste généraliste, avait vu tout de suite.

o Demander si cela ne les dérangeait pas un peu d'opérer un patient qui n'en avait pas besoin.

o Demander pourquoi un patient dont on lui avait dit qu'il était rentré guéri chez lui se trouvait mort dans la chambre froide.

o Enfin, pourquoi Roger, dont on lui avait assuré qu'il était rentré chez lui, gisait mourant dans un lit du Centre de soins palliatifs.

o Il faudrait ensuite récupérer ses papiers et quitter le plus vite possible ce centre douteux, après avoir averti Ghislaine et Louis qui viendraient le chercher, s'il le fallait par la force.

Une fois le plan établi, ils s'embrassèrent et Ghislaine se dirigea avec ses photos et ses deux blouses blanches vers le parking où l'attendait son véhicule, une modeste Twingo.

Antoine eut une nuit difficile, car les idées et les sentiments se pressaient dans sa tête.

De tout ce qu'il avait vécu depuis son arrivée à l'hôpital, il était obligé de déduire qu'il était tombé sur un centre suspect. Il se dit qu'il ferait mieux d'aller à la police avec toutes ces informations. S'il y avait quelque chose de suspect, les policiers le trouveraient bien tout seuls.

Soit ce centre était chaotique, soit il agissait avec méthode pour une autorité supérieure. Et qui avait insisté pour qu'il se rende dans ce centre ? Pôle séniors, évidemment.

Se pourrait-il donc que le Centre suive des directives de Pôle ? Et dans quel but ?

S'il alignait les faits, il pourrait peut-être finir par trouver à quoi tout cela rimait.

Il avait peur, s'il réfléchissait seul, de se laisser guider plus par des impressions que par les faits. Il fallait qu'il en parle avec quelqu'un de posé, de calme. Il pensa évidemment tout de suite à Louis. Le bureau du Centre ouvrant à neuf heures, il lui faudrait appeler Louis vers huit heures pour réfléchir avec lui.

À sept heures, une infirmière vint lui apporter une chemise d'hôpital propre et un flacon contenant un antiseptique qu'il devait utiliser comme gel douche. Avant l'opération, il devait se laver soigneusement avec ce produit.

« L'opération, quelle opération ?

—Eh bien, celle que vous devez subir aujourd'hui !
— Il n'y a plus d'opération.
— Mais j'ai des instructions pour vous aider à vous préparer !
— C'est possible, mais il y a contrordre. L'opération est annulée.
— Par qui ?
— Mais par moi-même. »
L'infirmière le regarda d'un air incrédule. Elle réfléchit un moment, puis, reprit :
« Il faut que j'aille voir le médecin chef de service. Il n'arrive qu'à neuf heures.
— Eh bien, dites-lui de venir me voir ! J'ai des choses à lui montrer. »
Et l'infirmière repartit avec sa chemise d'hôpital et son flacon tout en lançant « Oh-là-là ! Il faut se les farcir ces patients ! »
Il était urgent maintenant d'appeler Louis, avant l'arrivée du docteur. Il semblait bien que la rencontre au sommet allait avoir lieu dans sa chambre, et non pas au secrétariat.
Heureusement, Louis était encore chez lui, donc, dans un lieu propice pour téléphoner. Il écouta d'abord les explications d'Antoine, puis, lui fit part de ses réflexions :
« Je ne sais pas trop dans quel marécage nous avons mis les pieds. Il me semble qu'il faut couper le problème en deux : il y a celui de l'erreur médicale qui te touche, et ensuite, celui de ces hommes qui

devraient être guéris et rentrés chez eux et qui sont en fait l'un mort et l'autre en soins palliatifs.

C'est vrai, et j'ai hâte de voir ce que les médecins vont me dire.

— Je te crois volontiers, mais il me semble que tu devrais te limiter au premier problème : on a voulu t'opérer sur la foi d'un document qui ne te concernait pas. Tes documents à toi ne justifient pas cette intervention. Tu peux insister sur l'organisation déficiente, le manque de contrôle, et dire, si tu le désires, que tu vas les attaquer pour cela en dommage et intérêt. L'autre problème me semble plus délicat. Il est du ressort de la police et de la justice.

— Donc, je peux les attaquer pour cela aussi.

— Non, car ce problème n'est pas de ton ressort. En revanche, tu peux informer la police et lui donner toutes les preuves que tu as. C'est à la justice d'enquêter. Admettons que les gens du centre aient voulu faire mourir celui qui est mort, puis celui qui est en soins palliatifs, qui te dit qu'ils n'ont pas voulu te faire disparaître toi aussi. Un coup de bistouri mal placé est vite arrivé !

— Tu crois qu'ils ont simulé une maladie chez moi en utilisant des documents qui n'étaient pas les miens ?

— Tu ne peux pas l'exclure. Et dans ce cas, ils ont intérêt à te faire disparaître le plus vite possible.

— Mais ce n'est pas si facile !

— Oh que si ! Ils peuvent t'opérer par la force puisque la ruse a échoué, provoquer un accident pendant l'opération, et en plus, ils peuvent délivrer un permis d'inhumer sur lequel ils choisiront la cause du décès.

Mais dans ce cas, on pourrait demander que l'on fasse une enquête !

— Oui, mais tu serais déjà mort ! »

Antoine regarda un moment par la fenêtre en réfléchissant.

« Oui, bien sûr ! J'avais oublié ce détail…

— Tu vois ? Alors, nous sommes bien d'accord ? Tu fais tout le ramdam que tu veux en leur reprochant leur manque de professionnalisme, mais surtout, pas un mot sur le deuxième problème. Nous y reviendrons lorsque tu seras rentré chez toi, et que tu seras à l'abri de ces gens-là. Ils disposent de trop de moyens pour te faire disparaître.

— Tu as raison. Nous verrons pour la suite plus tard.

— D'autant plus que s'ils ont voulu te faire mourir, c'est peut-être parce qu'ils ont reçu des instructions d'en haut.

— Et de qui donc ?

— Peut-être du fameux pruneau sec dont tu m'as parlé. Lequel a reçu ses instructions de plus haut encore. Pourquoi lui-même et ses affidés du centre t'en voudraient-ils à toi en particulier. Tu dois correspondre à un cas de figure, comme on dit en géométrie. Ils t'en veulent en tant que modèle, et non pas en tant qu'individu. D'ailleurs, ils ne te connaissent même pas en tant que personne.

— C'est vrai. Ah, que je suis content de te connaître.

— Mais j'en ai autant à ton service. Et je veux te revoir bientôt et en un seul morceau, bien vivant. Et, comme on dit en allemand, garde les oreilles bien dressées !»

Et après cette déclaration d'amitié et ces encouragements, ils se séparèrent.

Il était presque neuf heures et le médecin de service ne tarderait pas à venir lui demander pour quelles raisons il refusait de se faire opérer. Si ce devait être le cas, cela voudrait dire qu'on n'avait pas pensé à le mettre au courant des derniers événements. Sinon, cela voulait dire qu'il avait l'intention d'en finir avec lui. On allait bien voir.

Antoine se fâche

Effectivement, le médecin apparut flanqué de l'infir-mière du matin. Il lui conseilla de se préparer pour l'opération. Il n'ajouta pas « Et que ça saute ! », mais il était évident à son ton autoritaire qu'il le pensait très fort. Antoine décida d'attaquer sans plus tarder:
« Mais… On ne vous a pas mis au courant de la nou-velle situation.
— Non, de quoi parlez-vous ?
— Les documents obtenus par l'IRM correspon-daient bien à une DAVD, mais ces documents étaient ceux d'une femme, et donc, pas les miens ?
— Pardon ?
— Oui ! C'est mon médecin traitant qui a reconnu sur l'une des images, dans la zone pelvienne, un utérus. Je suppose que vous savez que je n'en ai pas !
— Vous êtes sûr de ce que vous dites ?
— Bien sûr ! »
Il ouvrit une chemise qu'il avait sur les genoux, et en sortie des photocopies faites par le docteur Martin.
« Tenez, voici une photocopie d'une image où vous pouvez voir l'utérus, et voici mon vrai dossier, sans utérus, et sans aucune trace de maladie. » Le mé-decin regarda les documents, reconnut l'utérus, et l'absence de maladie dans les autres documents, at-tribués à Antoine.

« Je ne comprends pas comment cela a pu arriver. Évidemment, une opération dans votre cas est inutile.

— J'aime vous l'entendre dire, mais elle est sans doute souhaitable chez la dame dont je ne connais que l'utérus…

— C'est cela !

— Si elle n'est pas déjà rentrée chez elle…

— Elle est encore ici, elle va être opérée en fin de matinée. » assura l'infirmière.

Le médecin fit un signe d'impatience à l'égard de l'infirmière qui parlait trop. Si les yeux du médecin avaient lancé des éclairs, l'infirmière aurait été foudroyée sur place.

Antoine se dit qu'elle n'était sans doute pas au courant de la combine, alors que le docteur, lui, l'était. Et comme il était venu dans l'idée d'opérer Antoine, alors que vraisemblablement, il était au courant de l'échange des dossiers, cela montrait bien qu'il était au cœur du complot. Il eut une pensée émue pour son ami Louis, qui avait su évaluer la situation et lui avait donné de bons conseils.

Bon, maintenant, il fallait porter l'estocade.

« Et donc, si je ne vous avais rien dit, vous m'auriez joyeusement opéré de je ne sais trop quoi. Vous comprendrez que, dans ces conditions, je vous retire ma confiance, et que je me réserve le droit de vous attaquer pour négligence. Mon médecin, ma compagne et mon meilleur ami sont au courant et pourront le cas échéant témoigner devant un tribunal. Je vais vous accompagner au secrétariat, et je vais y faire les formalités pour quitter ce Centre le plus vite possible.

« Je vous comprends. Allons-y !

—J'arrive tout de suite. Je dois juste appeler mon ami Louis qui doit venir me chercher. »

Antoine voulait montrer ainsi au docteur qu'il n'était pas seul et sans défense face au corps médical, et que ses faits et gestes étaient connus à l'extérieur.

Le médecin sortit, accompagné de l'infirmière. Antoine passa son coup de téléphone, et se rendit au secrétariat.

Il y resta digne, concentré, sûr de lui, et les formalités furent expédiées rapidement et sans heurt. Il demanda à la responsable du secrétariat de bien noter qu'il se réservait le droit d'attaquer le centre pour négligence, et les salua par un « À ne plus jamais vous revoir ! » qui démontrait bien son intention de ne plus jamais remettre les pieds ici.

Il retourna à la chambre 12, où il prit ses affaires. Il allait sortir lorsqu'on amena un nouveau cachalot, du même genre que celui qui gisait dans la chambre froide.

Il eut un frisson en pensant à ce qui pourrait bien arriver à ce pauvre homme. Il lui aurait bien dit de se méfier, mais celui-ci ne semblait pas en état de discuter.

Il eut tôt fait de se retrouver au parking, où l'attendait Louis dans sa Twingo, et ils se dépêchèrent de quitter cet endroit malsain et morbide.

Retour triomphal à la maison.

Antoine goûta particulièrement son retour à la maison. Ghislaine avait organisé pour la soirée un apéritif dînatoire auquel elle avait invité le fidèle Louis. En attendant, il alla faire le tour du quartier, pour voir si rien n'avait changé. Après tout, il était resté cinq jours à l'hôpital, où l'on perd rapidement son autonomie et son libre arbitre. On est vite considéré comme un organe. On est alors la prostate de la chambre 12, le pancréas de la chambre 15, voire les testicules de la chambre 6. On perd sa position dans la société, on doit abandonner sa pudeur. Bref, on n'est plus là soi-même en tant qu'individu, on n'est plus qu'une chose, un simple organe, un morceau de viande. Chez lui, entre sa compagne et son ami, il redevenait Antoine Cossu.

L'heure de l'apéritif arrivée, le trio se retrouva autour de la table basse. On commença par se féliciter du retour de l'hospitalisé au bercail. Puis, on essaya de disséquer la situation pour comprendre ce qui s'était passé

À première vue, tout commence lorsque l'on a atteint les soixante-dix ans. On est alors invité par Pôle séniors, qui vous fait comprendre que vous êtes devenu un boulet pour la société. Non seulement, quand vous êtes vieux, vous tombez plus souvent malade, ce qui ruine la sécu, mais encore vous pompez l'argent du contribuable en touchant une retraite.

Que vous ayez cotisé quarante ans à la sécu et pour votre retraite, en payant celle des retraités de votre époque, nul n'en tient compte. Et rien ne trouve grâce aux yeux du fonctionnaire de Pôle séniors qui s'occupe de votre cas.

Il essaie de vous faire comprendre que, lorsque l'on est vieux, le mieux est encore de mettre fin à ses jours. On a déjà eu une belle vie bien remplie, et on est de moins en moins en mesure de profiter du temps qui nous reste. Pourquoi, dans ce cas, ne pas se décider de soi-même à mettre un terme à cette vie qui menace de devenir une existence de cloporte ?

Si l'on n'a pas le cran de mettre un terme à ses jours, le Pôle peut vous aider par une comme en Belgique ou en Suisse. Notons qu'en Suisse, il est nécessaire d'avoir une maladie incurable certifiée par un médecin. Mais sauf à considérer la vieillesse comme une maladie, il ne faut pas trop espérer une euthanasie lorsque l'on est encore en bon état. Bien sûr, on peut compter sur les médecins travaillant pour le pôle pour obtenir un certificat de complaisance. Un psychologue tentera de vous persuader que ce serait une bonne solution.

Mais si vous refusez l'aide d'un psychologue, alors, c'est là que les ennuis vont commencer. On vous menacera de geler le paiement de votre retraite à moins que vous ne vous soumettiez à une visite médicale poussée, laquelle est assurée par l'Unité de court séjour gériatrique du Centre départemental gérontologique.

« Et c'est là qu'il faut absolument que l'on comprenne le rôle et la façon de procéder de cette Unité, dit Antoine.

— Tu as quand même trouvé un mort et un mourant dont on t'a dit qu'ils étaient rentrés guéris chez eux, remarque Ghislaine. Nous avons la preuve photographique de leur état. »

Après un temps de réflexion, ce fut le tour de Louis de prendre la parole.

« Et quand on voit qu'ils n'hésitent pas à échanger les contenus de deux dossiers pour faire croire que l'on est malade, et que l'on doit absolument se soumettre à une intervention chirurgicale, on est en droit de se demander à quoi tout cela rime.

— Ne serait-ce pas une simple négligence ?

— On ne peut pas être aussi négligent. Au contraire, je pense qu'ils doivent t'opérer pour pouvoir en profiter pour te flanquer un coup dont tu ne te relèveras pas.

— Il faut dire qu'ils jouent sur du velours. Ils ont les médecins, les salles d'opération et peuvent produire autant de permis d'inhumer qu'il le faut.

— Et ensuite, ils peuvent, selon les cas, faire semblant d'essayer de te ranimer sans succès, et te mettre au frais lorsque tu es décédé. Et ils peuvent faire croire aux proches de la victime qu'ils ont fait tout leur possible pour te maintenir en vie.

— Et ils essaient de produire des preuves, même si, dans le cas de l'utérus, ils ont fait preuve de légèreté. Ils auraient dû mieux contrôler leur travail, et ils se seraient évité la honte qu'ils devraient ressentir maintenant. Sans compter qu'ils se sont fait remarquer au lieu de rester discrets.

— J'aimerais savoir qui, dans ce Centre, est complice.

— Les médecins le sont sûrement, car ce sont eux qui sont chargés de choisir les maladies, de fournir les preuves et de rater l'opération.

— Les infirmières, sauf exception, ne semblent pas être dans le secret des dieux. J'ai vu cela lorsque l'infirmière a dit ingénument que celle qui avait fourni involontairement son dossier, et qui souffrait elle-même de DAVD, devait être opérée le jour-même, la décision ayant été prise avant que l'on ne découvre le pot aux roses. Cela prouve qu'il ne s'agissait pas d'une simple interversion des dossiers. En fait, nous étions deux à correspondre à un seul dossier, le sien.

— Donc, pour elle, c'était un cas normal. Elle avait besoin de cette opération. Comme elle doit être plus jeune, elle ne tombe pas dans le cas des retraités septuagénaires et ne fait ainsi pas partie des gens à éliminer.

— Et donc, il a fallu que quelqu'un constitue deux dossiers à partir d'un même document. Cela nécessite des connaissances médicales suffisantes. Et n'oubliez pas que l'image de l'utérus était sur une autre page que celles qui concernaient le cœur. Les médecins concernés étaient pressés. Ils n'ont pas pensé à vérifier tout le dossier.

— Ou pas eu le temps de le faire. Bon, nous pourrions constituer un dossier avec toutes les informations dont nous disposons, y compris les photos. Ensuite, nous pourrions aller porter plainte au commissariat compétent.

— Et si l'on portait plainte avec constitution de partie civile ?

— C'est risqué. Si le procureur décidait de ne pas poursuivre, le Centre pourrait se retourner contre nous et demander des dommages et intérêts pour diffamation. Et n'oubliez pas que le Centre peut choisir les meilleurs avocats, ce qu'il nous serait difficile de faire pour nous défendre.

— C'est sûr, mais Antoine peut porter plainte pour négligence et demander des dommages et intérêts. Pour ce qui est de l'autre cas, nous informons la police et nous la laissons se débrouiller avec le dossier. Notre dossier devrait se limiter à ce que nous avons vraiment constaté. À la police d'en tirer les conclusions.

— Nous devrions aussi réfléchir sur le cheminement de cette affaire en amont du Centre.

— Oui. Le Centre travaille pour Pôle séniors. Et le pôle dépend du ministère de la Santé. N'oublions pas que quelqu'un a dit qu'il s'agissait d'un ballon d'essai. Il fallait mettre au point un système de récupération des frais dépensés pour les handicapés, les malades revenant cher et les personnes âgées particulièrement. Pour ces dernières, il fallait en outre récupérer l'argent des retraites. La version d'essai commence à 70 ans, mais il se peut que la limite d'âge soit augmentée si nécessaire.

En tout cas, tout doit être discret, optiquement légal.

— Que veux-tu dire par « optiquement légal » ? — Je veux dire que cela doit avoir l'apparence du légal.

— L'apparence seulement ?

— Eh bien oui. Ne soyons pas naïfs. Les politiques sont parfois amenés à tricher pour arriver à leurs fins. L'important, pour eux, c'est que cela ait l'air légal, et pour cela, ils doivent éviter que certains y mettent leur nez.

— Comme nous le faisons maintenant...

— Mais je ne crois pas que le ministère de la santé prenne lui-même la décision de priver les retraités de leur retraite, ou même de les éliminer pour faire des économies. Les affaires d'argent, elles viennent plutôt de Bercy.

— Ou même de plus haut : du Premier ministre, ou même du président. Ils peuvent très bien émettre une idée, "Ce serait quand même bien si l'on n'avait pas besoin de payer les retraites", pour qu'un fonctionnaire zélé creuse la question et trouve une façon d'éviter de les payer. Par exemple, en faisant disparaître les retraités. Et d'idée géniale en idée géniale, on monte un système de ce genre.

— Et lorsque l'on tombe sur des emmerdeurs de notre genre, on tombe sur un os.

— Au fait, si nous fondions une association de défense du retraité pour aider les moins futés à se défendre contre ce genre d'attaques.

— Nous pourrions envisager cette solution. Mais une association ne s'improvise pas. Il y a une démarche à suivre, des statuts à rédiger. Le mieux serait que je demande à mon copain Jacques, celui qui travaille à la préfecture et qui en connaît un rayon.

— Au fait, il n'existerait pas quelque chose comme des instructions dans cette histoire ? Peut-être à la préfecture ?

— Je le lui demanderai. Mais comme cela fait un an que cet essai a commencé, on ne devrait pas tarder à voir apparaître un rapport. Et quand il sortira, j'aimerais bien mettre la main dessus. Il vaudra sûrement son poids en cacahuètes.

— Il faudrait aussi interroger autour de nous pour savoir si d'autres retraités de soixante-dix ans et plus ont eu des ennuis ou non.

— Eh bien, vous voyez ! On peut très bien être retraité et avoir de l'occupation… »

Et la soirée continua dans la bonne humeur. Les trois amis avaient l'impression d'avoir démonté un système délétère.

En se quittant, ils se donnèrent rendez-vous chez Louis pour le mercredi suivant.

L'hécatombe

Au jour dit, ils se retrouvèrent chez Louis. Ils avaient été particulièrement actifs et détenaient plusieurs informations sur des retraités septuagénaires et plus.
Comme c'étaient des gens ordonnés chacun avait écrit ses informations sur un bloc-notes.
Antoine avait entrepris d'établir une liste sous la forme d'un tableau. Chacun y recopia sa liste, en faisant attention qu'il n'y ait pas de doublon.
Une fois la liste complète établie, Antoine en commença la lecture commentée.
« Pauline, 68 ans, vit chez elle à Marseille.
— Normal, elle n'a pas encore l'âge d'être inquiétée.
— Jacques, 73 ans, est mort des suites d'une opération.
— Bernard, 74 ans, mort dans un accident de voiture.
— Lucie, 79 ans, morte d'une chute d'un douzième étage.
— Béatrice, 76 ans, morte des suites d'une opération manquée.
— Pierre, 77 ans, en soins palliatifs après une opération du pancréas ratée.
— Germain, 83 ans, en réanimation après un accident de moto.
— Ahmed, 79 ans, mort dans l'incendie de sa chambre en maison de retraite.
— Jacqueline, 84 ans, morte renversée par une voiture sur un passage pour piétons.

— Hervé, 85 ans, vit en bonne santé dans son hôtel particulier à Paris. Voilà. La liste est finie. On dirait qu'elle figure sur un monument au mort.

— Si l'on résume, sur dix, deux seulement profitent encore de la vie. L'une parce qu'elle est trop jeune, et l'autre parce qu'il est plein aux as et qu'il doit être protégé par des gens bien placés.
Sinon, nous en avons qui sont morts ou en mauvaise posture, par suite d'une opération, et des morts par suite d'accident.
— Oui. Il est clair que ceux qui n'ont pas encore atteint l'âge de 70 ans ne sont pas encore visés. Le richard pistonné, qui doit connaître un ministre ou même le président, passe à travers les mailles du filet, peut-être en faisant un cadeau. Les morts ou malades à l'hôpital correspondent à la situation que nous connaissons bien.
— Et les accidentés ?
— Je suppose que ceux que l'on n'a pas pu dissuader de vivre et que l'on n'a pas pu tuer dans une opération, on les a eus autrement.
— Nous n'en avons pas la preuve.
— Non, mais on peut le supposer.
— Il se peut aussi que ce soient de vrais accidents. Après tout, les personnes peuvent tomber ou se faire renverser par une voiture.
— Oui, mais on peut aussi faire passer quelqu'un par une fenêtre, ou le renverser avec notre propre voiture. Admettons que cela soit le cas. On pourrait

dire que ces gens sont tenaces, et qu'ils ne reculent devant rien pour arriver à leurs fins.

— On peut aussi admirer la diversité des solutions, et le fait que l'on ait pris tous ces cas pour des accidents.

— Comment savoir dans quelles conditions ces accidents ont eu lieu ?

— Ça, c'est du travail de détective. On ne va quand-même pas en engager un pour éclaircir tous ces cas !

— Et puis, je me demande comment ils ont pu organiser les erreurs médicales. Pour cela, il faut des médecins complices. Et on peut supposer que quelqu'un dont la vocation est de soigner les gens n'acceptera pas volontiers d'en tuer d'autres.

— Soit ils sont du même avis que les organisateurs, et ils agissent par conviction, soit on leur offre des primes, et ils agissent alors par intérêt.

— Oui. Un mois de retraite, cela fait une belle prime.

— En tout cas, tous ceux d'entre nous qui entrent en ligne de compte doivent se méfier, surtout Antoine, qui vient d'échapper à une erreur médicale. Il va falloir faire attention qu'il ne soit pas victime d'un accident, à son tour.

— En tout cas, on peut être sûrs qu'ils n'utiliseront pas une arme à feu, car cela ne pourrait pas avoir l'air d'un accident.

— Non, mais on pourrait faire passer cela pour un attentat. Il suffirait que quelqu'un revendique cet attentat au nom d'un groupe terroriste…

— Bon, je crois que le moment est venu pour nous d'apporter tout le dossier à la police, qui a les moyens de faire une enquête, des moyens bien supérieurs aux nôtres. »

« Mais, ajouta Louis, je vais encore solliciter mon ami Jacques. Il aura peut-être des informations sur cette affaire.

— Oui, et dès que tu en sauras plus, tu nous le diras. En attendant, Ghislaine et moi, nous allons faire un petit voyage pendant le week-end.

— Où donc ?

— À Cassis. Nous avons retenu une chambre d'hôtel.

— Ce n'est pas très loin. Vous n'auriez pas préféré aller à Menton, ou dans les Alpes ?

— Non, Cassis, c'est très bien.

— Eh bien, bon week-end, les amoureux. » Et ceux-ci s'en allèrent, bras dessus, bras dessous. Au lieu de passer le week-end chez l'un ou chez l'autre, comme d'habitude, ils préféraient aller faire un tour, changer d'air.

Voyage avec Ghislaine.

Il n'y a rien de tel qu'un week-end en amoureux pour redonner un peu de pimpant a un amour déjà un peu ancien, vivant dans la routine du quotidien.
L'hôtel avec vue sur le port était très agréable, la vue sur la mer apaisante. La chambre était un peu petite, donc, idéale pour deux amoureux qui se tiennent serrés l'un contre l'autre. Les repas avaient été corrects.
Le moment du retour était arrivé. Ils mirent les bagages, une valise et un sac de voyage, dans le coffre et prirent place dans la Citroën C3. Ils prirent la direction du Col de la Gineste, situé sur le chemin qui mène de la baie de Cassis à la rade de Marseille. D'abord, la route monte jusqu'à une altitude de 326 m, pour redescendre par une route en pente sinueuse, jusqu'à Marseille.
Il faisait beau, et tandis que les cyclistes montaient avec difficulté, les voitures les doublaient en les rasant presque, sans respecter les distances de sécurité prescrites.
Antoine était au volant. En regardant dans le rétroviseur, il vit qu'une moto, qui les suivait depuis l'hôtel, avait accéléré pour le doubler. Il vit distinctement le pilote et son passager, le visage caché par un casque intégral. Ils venaient d'atteindre le sommet du col.

La voiture plongea dans la descente, et se mit aussitôt à gagner de la vitesse.

La moto accéléra, sitôt passé le sommet. En jetant un coup d'œil dans le rétro, il lui sembla un instant voir scintiller un objet métallique dans la main droite du passager, qui tenait le bras tendu, comme pour tirer sur la voiture.

Antoine se souvint immédiatement de ces films italiens dans lesquels un tueur de la mafia, assis à l'arrière d'une moto, tirait sur un conducteur qu'il avait pour mission d'abattre. Aussitôt, Antoine appuya plus fort sur l'accélérateur. Il ne fallait pas aller trop vite parce que la route était sinueuse, et comportait des séries de virages à 90 degrés, et que le bas-côté gauche de la route, côté mer, était abrupt. Il n'était pas question de risquer de quitter la route et de faire des tonneaux jusqu'à la mer.

Déjà, la moto arrivait à la hauteur de la portière arrière. Cette fois, le doute n'était plus permis : le passager arrière de la moto pointait un revolver dans sa direction. Lorsqu'il serait arrivé à sa hauteur, il lui tirerait plusieurs balles dans la tête. Son cerveau accéléra lui aussi. Il eut vite calculé qu'il ne pouvait pas baisser la tête : il ne verrait plus la route et ils feraient le grand saut dans le ravin au prochain tournant. Il eut alors la présence d'esprit de se décaler vers la gauche et de franchir la ligne continue, ce qui eut pour effet de pousser la moto vers le ravin, où elle disparut aussitôt.

Ghislaine n'avait pas compris le sens de cette manœuvre, n'ayant pas vu le manège de la moto. Elle n'avait aperçu cette dernière qu'en regardant vers la gauche, par réflexe, juste avant sa disparition. Elle n'avait pas vu le revolver. Elle avait juste vu qu'Antoine poussait la moto hors de la route. Elle voulut qu'il s'arrête, pour qu'ils puissent aller porter secours aux deux passagers. Antoine refusa catégoriquement :

« Il n'en est pas question. Tu n'as pas vu que le passager braquait une arme sur moi et qu'il allait tirer quand j'ai poussé la moto hors de la route ? S'il est encore vivant et qu'on retourne auprès de lui, il pourra terminer le boulot quand nous viendrons à son aide.

— Et moi qui n'ai rien vu ! On l'a échappé belle, alors.

— Oui. Et je ne sais pas s'il faut aller raconter notre histoire à la police.

— C'est vrai. On risque d'avoir des ennuis. On était seuls avec eux sur la route. S'ils en réchappent, cela m'étonnerait fort qu'ils aillent se plaindre à la police.

— Tu vois. Ils ont essayé de m'éliminer. Cela prouve que quelqu'un veut ma disparition. La raison est sans doute à trouver dans l'affaire de Pôle séniors. Sinon, je ne vois pas qui m'en voudrait à ce point.

— Tu as raison. Voilà un début de preuve que cette affaire sent mauvais. »

Arrivés à la maison, ils se dépêchèrent d'alerter Louis. Celui-ci leur conseilla de regarder le lendemain dans le journal. S'il n'y avait rien sur l'épisode, cela voudrait dire soit que personne ne s'était rendu compte de l'accident, soit qu'on préférait étouffer l'affaire.

Pendant toute la semaine, ils cherchèrent dans les journaux une trace de l'accident, sans aucun succès.

Ils envisagèrent un instant de retourner à l'endroit où s'était passé l'événement, en restant sur la route, sans descendre dans le ravin. Mais ils se dirent qu'ils risquaient de se faire remarquer et de s'attirer des ennuis.

D'ailleurs, la voiture ne présentait aucune trace de peinture ni une quelconque éraflure. Il avait dû pousser la moto en s'appuyant sur la jambe du pilote. Celui-ci, prenant peur, a dû avoir une réaction inappropriée qui les avait envoyés, son passager et lui, dans le ravin. Le fait que personne n'en ait parlé jetait une ombre supplémentaire sur cette déjà sombre affaire.

Quelques jours plus tard, Louis leur demanda de passer chez lui. Il venait de recevoir de son ami de la préfecture, en toute discrétion, un rapport établi par les organisateurs de ce système d'élimination des séniors. Il avait ajouté qu'ils ne seraient pas déçus, mais ne voulut pas en dire plus au téléphone.

Découverte du rapport remis au Premier ministre par les responsables de Pôle séniors

Le lendemain, à l'heure de l'apéritif pour ne pas déroger aux bonnes habitudes, les trois compères se retrouvèrent autour de la table chez Louis. Celui-ci leur montra une enveloppe qui contenait une copie du rapport remis au Premier ministre par les responsables de Pôle séniors. La chemise portait le logo de la préfecture des Bouches-du-Rhône.

« J'ai eu beaucoup de mal pour obtenir ce document. J'avais demandé à mon ami Jacques s'il avait reçu ce fameux rapport. Il m'a répondu que c'était le cas. Je lui ai proposé de m'en envoyer une copie. Mais il a refusé de le faire parce que c'était un rapport confidentiel, envoyé par l'intermédiaire du préfet au Premier ministre.
— Le public est donc limité.
— Alors, je lui ai raconté les mésaventures d'Antoine, de Pôle séniors à la tentative d'assassinat. Il a vite compris que c'était une affaire douteuse, à la limite du scandale d'État, et il m'en a fait parvenir une copie que voilà. Voyez le sceau « confidentiel ».
— Heureusement que ton ami a vite saisi l'ampleur du problème.
— Oui. Jacques est intelligent et il a le sens des responsabilités, ce qui est rare, aujourd'hui.

Je pourrais vous le donner à lire, mais je préfère vous en faire un résumé, comme si je faisais partie de ces gens-là. Vous pourrez en lire les détails chez vous : j'ai fait une copie pour chacun.

— Oui. Au moins, on est sûr qu'il ne disparaîtra pas.

— Ce document est signé par quatre hauts fonctionnaires chargés par le Premier ministre d'établir un rapport sur la possibilité de faire une économie substantielle sur le paiement des retraites en faisant en sorte qu'un certain nombre de personnes retraitées disparaissent, libérant ainsi l'argent correspondant à leur pension.

Il se souvenait que cette idée avait été émise en 1981 à la page 273 d'un livre intitulé « *L'avenir de la vie* », écrit par l'économiste Michel Salomon. Celui-ci interviewait un écrivain et haut fonctionnaire français, dont il valait mieux taire le nom, pour s'éviter des ennuis :

"*Dès qu'il dépasse 60-65 ans, l'homme vit plus longtemps qu'il ne produit et il coûte cher à la société. La vieillesse est actuellement un marché, mais il n'est pas solvable. Je suis pour ma part en tant que socialiste contre l'allongement de la vie. L'euthanasie sera un des instruments essentiels de nos sociétés futures…*"

Le principe de cette opération Mathusalem, on l'aura compris, est de faire des économies en renonçant à payer des retraites à des citoyens devenus inutiles, et qui coûtent cher. Cet argent sera mieux employé dans l'enseignement, la santé ou d'autres domaines pour lesquels on a de gros besoins, mais qui, pour des raisons de budget serré, manquent sérieusement de moyens financiers.

"La retraite constitue le premier poste de dépenses de la protection sociale. Au total, les prestations servies représentent un montant de 307,5 milliards d'euros, soit un septième du PIB. "(Jean-Christophe Chanut, La Tribune du 12 mai 2015).

Quand on pense que le budget de la défense est de 35,9 milliards, celui de l'éducation nationale (hors pensions) de 50,6 milliards en 2018, on voit ce que l'on pourrait faire avec l'argent des retraites.

Pour ce qui est de la méthode envisagée, il n'est pas prévu de recourir à l'euthanasie massive. Il n'y aura pas de trains amenant les retraités par milliers à un camp d'extermination. D'ailleurs, les lois ne le permettraient pas. Il faudra donc employer des moyens discrets, n'attirant pas l'attention.

Le premier problème est celui de l'âge clé, celui à partir duquel il a été prévu d'intervenir. Il a été arbitrairement choisi de commencer l'essai à 70 ans.

Le second est la méthode à employer. On a opté pour une méthode graduelle.

D'abord, on essaie de persuader la personne que, dès qu'elle est à la retraite, elle ne sert plus à rien dans la société, et qu'elle coûte cher en retraite, médicaments, opérations et soins divers. L'expérience montre que certains sont capables d'en finir eux-mêmes avec la vie.

On lui explique ensuite qu'il y a des moyens pour se faire assister, comme dans certaines cliniques belges ou suisses. On ne peut évidemment pas envoyer les Français en masse se faire euthanasier en Suisse, et ce d'autant moins qu'il faut avoir une maladie incurable, attestée par un médecin. Il faudrait donc créer un système français avec des médecins convaincus, qui pourraient certifier la maladie incurable, voire attester que la personne est mourante.

Les Belges, eux, ont le droit de se faire euthanasier, même s'ils sont en bonne santé, car on considère qu'ils ont le droit de choisir leur mort.

Ceci n'est pas encore possible selon la loi française, où même le simple suicide est interdit. En revanche, ceux qui sont mourants ont droit à l'euthanasie.

Restent ensuite ceux que l'on n'arrive pas à persuader simplement. Dans ce cas, il faut les envoyer dans un centre psychologique. Les psychologues savent persuader les gens. Certains même utilisent une panoplie de moyens comprenant l'hypnose, ou l'usage de psychotropes.

Et ceux qui résistent encore, Pôle séniors les convoque et leur intime l'ordre de se rendre à un Centre de gériatrie pour un bilan général. On profite alors de

cette occasion pour leur trouver une maladie qui nécessite une intervention chirurgicale. Ainsi, les médecins qui travaillent pour la cause ont tout loisir de
faire mourir le retraité pendant l'opération, ou de
l'amener après l'opération au Centre de soins palliatifs, prélude à la fin. On peut aussi simuler la mort
naturelle d'un retraité en lui faisant ingérer certains
produits. Le médecin fournit alors un permis d'inhumer en précisant « mort naturelle ». Une fois le sénior enterré, ou encore mieux, incinéré, personne ne
pourra trouver la vraie cause parce que personne
n'ira voir les choses de près.

Si certains arrivent à passer à travers les mailles du
filet, il ne reste plus qu'à mettre en scène un accident
(chute par la fenêtre, coup de revolver pendant le
nettoyage de l'arme). On peut même simuler un attentat en engageant des spécialistes de la mafia,
des tireurs d'élite, ou d'anciens des forces spéciales,
qui travailleront discrètement. En leur accordant une
prime de la valeur d'un mois de retraite, on épar-
gnera le paiement de plusieurs années. Au cours de
cette expérimentation limitée aux Bouches-du-
Rhône pendant un an (1er juillet 2017, 30 juin 2018)
on a obtenu les résultats suivants :

- Nombre de retraités éliminés : 12 000
- Coût de l'élimination : 15, 6 millions
- Rapport par an : 187,2 millions
- Bénéfice : 171,6 millions par an
- Sur 10 ans = 1,716 milliard

Classés selon la méthode utilisée

Ont été éliminés	12000	100 %
Par persuasion directe	2 000	16,67 %
Persuasion psychologique	4 000	33,33 %
Par opération :	5 500	45,83 %
Par élimination directe	500	4,17 %

Un seul cas n'a pas pu être résolu, le retraité ayant déjoué tous les plans.

On n'a eu à déplorer aucune plainte. Les héritiers préfèrent profiter de l'héritage plutôt que de chercher la petite bête. Les gens décédés étant assez âgés, personne ne s'étonne de leur décès.

L'équipe des soignants était composée :
• De médecins, d'infirmières, d'aides-soignantes.
• De psychologues.
• De fonctionnaires.
• D'anciens des forces spéciales.

Il est difficile de trouver des collaborateurs qui acceptent d'aider à mourir des gens qui n'en avaient pas l'intention.

Il est nécessaire de prévoir un système de primes motivant.

Il n'est pas inutile d'organiser des réunions de retraités où l'on souligne régulièrement leur inutilité, et tout ce que l'on pourrait faire pour la société avec l'argent qu'ils touchent : moins d'élèves dans les classes, plus de médecins et d'infirmières dans les hôpitaux, etc. Il faut persuader les collaborateurs qu'ils participent à une œuvre d'intérêt public.

Il sera nécessaire d'apporter un soin particulier dans le choix des commandos de choc, chargés de l'élimination des retraités réfractaires. Ils devront être recrutés parmi les anciens des forces spéciales de l'armée, du RAID ou du GIGN. Il est important qu'ils soient discrets, efficaces, et loyaux à la cause. C'est pourquoi il faudra qu'ils aient le statut de fonctionnaires, pour assurer leur loyauté, et que soit mis au point un système de primes après exécution de chaque mission pour soutenir la motivation. Ainsi, l'État aura des serviteurs compétents, discrets et fidèles aux autorités qui les commandent.

« On pourra se servir de cette étude, par analogie, pour faire des économies sur les handicapés, les chômeurs et plus généralement pour toutes les personnes qui reçoivent des aides. Voilà en gros le contenu de ce rapport. »

Et Louis but un grand verre d'eau.

« Tout ça, ça sent le technocrate à plein nez ! Les séniors coûtent trop cher, alors, on les fait disparaître. Cela semble logique, donc, on l'applique, et tant pis pour la morale.

— Sans compter que les retraités ayant cotisé, ils ont droit à cette retraite. Ils ont financé celle de leurs prédécesseurs, et c'est donc à leurs successeurs de payer pour la leur. Sinon, ils auraient pu mettre cet argent de côté et alors, le leur prendre aurait été du vol pur et simple. Avec le système actuel, on oublie qu'ils ont déjà payé pour la retraite.

— Pour résumer, il y a deux aspects qui me choquent particulièrement : le fait que l'on puisse éliminer physiquement les personnes âgées, soit en les persuadant de se tuer elles-mêmes, soit en les trucidant par la ruse ou par assassinat. Et puis, il y a aussi le fait que des gens soient capables d'éliminer froidement, sans état d'âme, des personnes âgées simplement parce qu'on leur en a donné l'ordre.

— Cette affaire rappelle fortement comment les nazis ont pu se débarrasser de leurs adversaires politiques, puis des Juifs, des Tsiganes ou des homosexuels. Ils les ont envoyés par trains entiers vers les camps d'extermination. C'était une élimination à l'échelon industriel. Si l'on doit étendre le système au pays tout entier, on va peut-être voir à nouveau ces trains de la mort.

— Je ne pense pas. Ils essaient de camoufler les choses, car ils sont en conflit avec la loi. Mais ils font en sorte que la population ne s'en rende pas compte.

— En fait, si l'on veut que quelque chose bouge, il vaut mieux s'adresser à la presse qu'à la police. On a plus de chance que cela fasse bouger quelque chose, et que soit mis fin à ce système scandaleux et inhumain.

— On peut s'adresser aux deux à la fois. La police aura plus de mal à étouffer l'affaire si la presse informe, et même agite la population.

— Nous allons rassembler rapidement les informations que nous avons pour en faire un dossier solide. Ensuite, nous en ferons assez de copies pour le transmettre à la police, et ensuite aux principaux journaux, aux radios et aux chaînes de télévision. On va voir si l'on peut mettre un terme à ce scandale, et le plus vite possible, car il y a des morts tous les jours. Et ce serait bien si tous ces salauds devaient payer pour ce qu'ils ont fait.

— Et il faudrait aussi remonter jusqu'à la tête de cette histoire, pour que tout le monde paie. » Ils formèrent un comité de rédaction de deux personnes, Louis et Antoine, pour préparer le dossier. Ghislaine se chargerait de la diffusion à la presse écrite aux radios et aux chaînes de télévision.

L'accident

Voilà deux jours que le dossier a été envoyé à la police en même temps qu'à la presse. Ce matin-là, Ghislaine avait une envie pressante de croissants. Antoine se leva, mit un survêtement et des souliers de sport, et prit le chemin de la Vague gourmande, la boulangerie-pâtisserie située à deux cents mètres de chez lui. Un peu avant d'arriver au magasin, on longe un arrêt où se massent les gens qui attendent l'arrivée du bus. Les piétons qui ne font que passer sur le trottoir doivent souvent se frayer un chemin à travers ceux qui, statiques, attendent et ne pensent même pas à laisser de la place pour les passants. C'est chacun pour soi et Dieu pour tous.

Au moment où il passait devant l'arrêt, le bus tant attendu arriva, et les gens passèrent devant ou derrière Antoine pour se rapprocher du bord du trottoir, dans une sorte d'hystérie générale.

Antoine se sentit alors poussé par-derrière, dans la direction de la chaussée, où il tomba juste devant le bus. Il entendit un crissement de freins et reçut un choc violent au front, le bus le heurtant avant de s'immobiliser. Antoine rebondit sur la carrosserie et retomba devant le véhicule.

Le choc fut si violent qu'il perdit connaissance un instant. Il finit par sortir de son semi-coma. Il eut l'impression de s'en aller, de glisser vers la mort. Contrairement à ce qu'ont raconté certains mourants revenus du royaume des morts, il ne vit pas défiler sa vie à toute vitesse, et ne se retrouva pas non plus dans un tunnel de lumière blanche. Il fut pris d'une crise d'angoisse, craignant l'extinction à jamais du lampion de sa vie.

Quelqu'un appela les pompiers, qui l'amenèrent d'urgence dans l'hôpital le plus proche.
La police fit une enquête, car quelqu'un avait nettement vu un homme habillé en noir pousser Antoine sur la chaussée devant le bus. Le témoin, à qui on demandait de décrire le suspect, dit qu'il ressemblait à l'un de ces hommes du président, qui assuraient sa sécurité, comme celui que l'on avait montré à la télé, frappant un manifestant.
Il était clair que la police avait assez peu de chances de retrouver cet homme, qui n'avait laissé aucune trace susceptible de le trahir. S'il en avait laissé, elles s'étaient mélangées à celles qui avaient été laissées par la foule des voyageurs, si bien qu'on n'avait que très peu de chance de les retrouver pour les identifier.

Le lendemain, Antoine rentra chez lui, retrouvant Ghislaine qui, la veille, ne le voyant pas revenir, s'était fait du souci, de sorte qu'elle était sortie à son

tour. Lorsqu'elle était arrivée à l'arrêt d'autobus, elle avait eu du mal pour traverser la foule des gens qui entouraient Antoine, lequel gisait, inconscient, sur la chaussée. Les pompiers étaient déjà sur place et s'occupaient à le ranimer.
Elle put monter dans l'ambulance avec lui pour l'accompagner à l'hôpital.

Ainsi, c'était la deuxième tentative d'attentat, sans compter celle qui avait consisté à se débarrasser de lui lors de l'opération qui n'avait pas pu avoir lieu. Il était temps que les responsables soient arrêtés, afin qu'ils n'aient plus l'occasion d'essayer de l'éliminer.

Le lendemain, les trois amis se réunirent chez Antoine pour faire le point. Ce dernier s'était remis du choc avec l'autobus. Il avait perdu connaissance, certes, mais pas trop longtemps. Mis en observation jusqu'au lendemain, il venait de rentrer chez lui. Cette aventure l'avait particulièrement marqué, d'abord physiquement, comme en attestait son pansement en forme de turban, et ensuite, moralement, car on avait tenté de le tuer, et qu'il ne pouvait pas savoir s'il y aurait d'autres tentatives. Ils avaient devant eux plusieurs exemplaires de journaux.

La presse dévoilait aux citoyens de base l'existence d'un système occulte destiné à éliminer les retraités pour profiter de leur retraite.

Sous le titre : « *Un système d'euthanasie opaque* », on pouvait lire :

« *Le montant annuel de ces retraites, 307,5 milliards d'euros, avait rendu fous certains membres du gouvernement, lesquels, sous la responsabilité du Premier ministre, avaient décidé d'en détourner une bonne partie à la fois pour aider à rembourser la dette du pays, et ensuite pour permettre de relancer l'économie.*

Les ministres concernés mirent leur cabinet respectif en demeure de mettre au point un système chargé de ce détournement, le plus discrètement possible, et, autant que possible, en accord avec les lois en vigueur.

Ces hauts fonctionnaires eurent l'idée de créer, sous la responsabilité du ministère de la Santé, un organisme public, Pôle séniors, auquel seraient adjoints un Centre de gériatrie comprenant une Unité de Court séjour gérontologique et un Centre de soins palliatifs, ainsi qu'un Service psychologique des séniors.

Ce Pôle séniors assurait la gestion du projet. Il veillait à ce que les séniors suivent un certain parcours destiné à les éliminer.

Ils étaient d'abord envoyés au Service psychologique, chargé de les persuader par la parole, l'hypnose ou des médicaments appropriés qu'ils étaient devenus inutiles, et que le mieux qu'ils puissent faire, c'était de se donner la mort. Ils pouvaient alors compter sur l'aide des psychologues, qui les seconderaient pour leur suicide, le centre fonctionnant alors comme un organisme d'euthanasie assistée, tel qu'il en existait en Suisse ou en Belgique.

Ceux qui n'étaient pas encore convaincus étaient « encouragés » par Pôle séniors, sous la menace de se voir privés de leur retraite, à se rendre à l'Unité de Court séjour gérontologique pour un bilan de santé. Des médecins complices leur trouvaient une maladie rendant nécessaire une opération. On retrouvait alors les retraités morts pendant l'opération, ou en soins palliatifs. Chacun de ces cas était couvert par

un permis d'inhumer ou des attestations médicales
en règle, tous documents établis par les médecins du
centre.
Ceux qui refusaient d'aller dans ce centre, ou qui en
ressortaient vivants, puisqu'il fallait bien que
quelques-uns en ressortent, étaient victimes d'un ac-
cident, d'un assassinat ou d'un acte terroriste, orga-
nisé par un groupe d'anciens mercenaires ou
membres des forces spéciales, maîtres en élimina-
tion violente mais discrète.
Cette variété des fins de vies était destinée à mas-
quer la réalité. Elle était pilotée par le centre des opé-
rations de Pôle séniors. »

Dans un autre article, intitulé « *Les fonctionnaires*
d'euthanasie publique », la journaliste décrivait les
acteurs de ce système :
« *Tous étaient des gens irréprochables : des méde-*
cins, infirmières et aides-soignantes, des psycho-
logues, des fonctionnaires bien notés, des anciens
militaires valeureux et décorés qui, soit par convic-
tion (tous ces vieux sont inutiles et coûtent cher) soit
avides d'argent et sensibles à une bonne prime, ont
euthanasié ou assassiné douze mille retraités dans
les seules Bouches-du-Rhône, choisies pour mettre
au point le système avant qu'il ne soit étendu au pays
tout entier. »

Un troisième article remontait la filière :

« *Les juges d'instruction chargés du dossier ont réussi à reconstituer l'organigramme du système.*
Au sommet, le Président et le Premier ministre, qui, trouvant l'économie apathique, et les finances incapables de donner le coup de fouet nécessaire, ont repris à leur compte une idée présentée dans un rapport du ministère des Finances, qui préconisait de siphonner les retraites des séniors pour relancer l'économie.
Ils ont décidé la mise au point d'un système permettant, par l'élimination de bon nombre de retraités, d'affecter ces sommes au redressement des finances.
Ils ont préconisé la création d'un Pôle des séniors pour piloter le projet, lequel serait dans un premier temps limité aux Bouches-du-Rhône pendant une durée d'un an. Ce département avait été tiré au sort.
Selon les résultats de ce projet pilote on déciderait ou non de l'étendre à toute la France. »

Un autre article présentait « *Les assassins devant la justice* » :
« *Les collaborateurs de Pôle séniors, ainsi que ceux du Centre de court séjour, de même que ceux du Centre des opérations ont été arrêtés par la police et présentés à un juge d'instruction chargé d'établir leur degré de responsabilité.*
On envisage sérieusement la possibilité d'en faire de même avec les collaborateurs du ministère des Finances qui ont lancé le projet.

Pour ce qui est du Premier ministre, les députés de l'opposition, ainsi que certains du parti du président, scandalisés, envisagent de le renverser en déposant une motion de censure.
Quant au président de la République, qui est le responsable principal, il est intouchable dans le cadre de ses fonctions. Il faudra attendre le verdict du peuple lors des prochaines élections présidentielles. »

Enfin, un article de la Provence rendait à César ce qui était à Jules (César).
« C'est à trois Marseillais que l'on doit le démantèlement d'un système crapuleux d'euthanasie des séniors.
L'un d'eux a même échappé à une opération fallacieuse, destinée à l'éliminer et à deux tentatives d'assassinat. »

Tout à coup, le téléphone de l'appartement se mit à sonner. Ghislaine, qui était assise à proximité, décrocha. Elle écouta ce que son correspondant avait à lui dire. On vit ses yeux s'arrondir, exprimant l'incrédulité. Puis, elle mit la main sur le micro du téléphone.

« C'est l'Élysée. Le président nous félicite pour notre action et veut nous remettre la Légion d'honneur officiellement, dans la cour des Invalides. » Antoine leva son verre en disant :

« Voilà qui est plaisant : avant-hier, il avait commandé mon élimination, et aujourd'hui, il veut nous décorer…

— Il veut nous récompenser d'avoir fait voler en éclat le système qu'il avait voulu lui-même mettre sur pied. C'est l'arroseur arrosé.

— Alors, qu'est-ce que je lui dis ?

— En ce qui me concerne, c'est non. Je ne veux pas être récompensé par un homme qui voulait m'éliminer.

— Tu sais que c'est le spécialiste du « à la fois ». Il veut à la fois t'éliminer parce qu'on n'a plus besoin des séniors, et te récompenser parce que tu as été utile.

— Oui, mais Antoine n'a pu être utile que parce qu'on n'a pas réussi à l'éliminer avant. Bon, pour moi, c'est non aussi. Et pour toi, Louis ?

— Ils n'ont pas tiré sur moi, mais ils avaient bien l'intention de m'éliminer moi aussi. Donc, je réagirai comme vous.

— Qu'est-ce que je lui dis ? "Allez-vous faire foutre "ou "Je suis désolée, mais cela ne nous intéresse pas. "

—Dis-lui que nous accepterons la décoration quand il ne sera plus président. »

Elle fit comme il avait dit et raccrocha vivement, pour ne pas laisser à son interlocuteur le temps de reprendre ses esprits.

« Et maintenant, buvons à notre santé ! »

Les responsables devant la justice

La justice fut saisie par les familles de gens décédés dans le cadre de l'affaire "Pôle séniors". Il fallait établir pour chacune des victimes supposées comment elles étaient mortes et trouver les responsables. La justice s'appuya sur le tableau donné dans le rapport publié au bout d'un an d'essai limité aux Bouches-du-Rhône.

Rappelons les chiffres :

Ont été éliminés (individus)	12 000	100 %
Par persuasion directe	2 000	16,67 %
Par persuasion psychologique	4 000	33,33 %
Par opération chirurgicale	5 500	45,83 %
Par élimination directe	500	4,17 %

Pour ceux qui appartenaient aux deux premières catégories, il fut difficile de reprocher leur mort aux fonctionnaires de Pôle séniors ou du Centre psychologique. En effet, les fonctionnaires ont usé de persuasion pour amener le suicide des gens concernés. On ne sait même pas s'ils ont utilisé l'hypnose, voire des psychotropes. Les seules personnes qui auraient pu nous le dire étaient décédées.

Interrogés sur les raisons qui les avaient amenés à agir, les collaborateurs évoquèrent tous qu'ils avaient simplement obéi à leurs supérieurs, lesquels n'avaient cessé de leur dire qu'ils agissaient dans l'intérêt de la France. C'est donc par obéissance et par pur patriotisme qu'ils avaient agi.

Non, ils n'avaient aucun remord d'avoir persuadé les personnes âgées de se suicider, puisque celles-ci avaient commis ce geste irréparable simplement parce qu'elles se sentaient devenues inutiles, qu'elles avaient compris qu' elles coûtaient cher à la communauté, et qu' elles ne voulaient pas que leurs enfants souffrent à cause d'elles des mauvaises finances publiques. C'est donc librement que ces gens-là se sont suicidés. Quant à savoir s'il y avait abus de faiblesse, il aurait fallu un rapport psychiatrique sur chacune des victimes. Il fut donc impossible de prouver une quelconque responsabilité de l'administration, malgré le nombre impressionnant de 6 000 victimes.

Dans la troisième catégorie, qui touchait 5 500 personnes, les médecins se retranchèrent derrière le fait qu'il n'y avait pas de certitude à cent pour cent sur la réussite d'une opération. D'ailleurs, toutes ces personnes étaient âgées, et donc, potentiellement fragiles. Comme le juge leur faisait remarquer que 5 500 décès représentaient un nombre impressionnant, ils firent remarquer que certains étaient morts

pendant l'opération, d'autres pendant leur réanimation, d'autres encore au cours de soins palliatifs, le
restant ayant succombé à une maladie nosocomiale.
Pour ce dernier cas, malgré tous les efforts pour sté-
riliser le mieux possible les salles d'opération et les
instruments, il restait encore des cas où, le strepto-
coque doré ou d'autres microbes pathogènes s'étant
installés à l'hôpital frappaient surtout les personnes
en état de faiblesse.

D'ailleurs, on estime que le risque d'infection nosocomiale en France intervient dans 6 à 7 % des hospitalisations. Cela représente donc environ 750 000
cas chaque année sur 15 millions de patients. C'est
le troisième risque le plus élevé derrière ceux qui font
suite à une intervention chirurgicale (37,5 %), et ceux
des accidents médicamenteux (27,5 %).
Il y a donc plusieurs raisons pour expliquer le
nombre élevé de décès.
Quant à savoir si les certificats médicaux étaient tous
sincères, les médecins tentèrent de se retrancher
derrière le secret médical, qui leur interdisait de fournir des détails touchant à la santé de leurs patients,
ce qui incluait les certificats qu'ils avaient établis.
D'ailleurs, ils avaient agi en respectant la déontologie
médicale, et en outre, ils avaient travaillé, comme
leur avaient demandé les autorités compétentes,
dans l'intérêt de la France. Comme on leur posait la
question de savoir comment ils avaient agi en cas de
conflit entre ces deux motifs, ils dirent tous qu'ils

avaient privilégié les intérêts de la France, arguant qu'ils partaient du principe que ce que leur demandait l'État ne pouvait qu'être en accord avec les lois, et donc, la morale.

Les juges durent, dans leur cas, comme dans celui des fonctionnaires de Pôle séniors, classer les affaires sans suite.

Finalement, il ne restait plus que le cas des disparus par mort violente, non volontaires, et en dehors des opérations chirurgicales.

La palette était assez vaste. Les morts accidentelles comprenaient des chutes, des électrocutions, des empoisonnements, des accidents de la circulation en voiture, sur un deux-roues ou à pied. Naturellement, aucun ne voulut reconnaître qu'il avait pu être à l'origine de l'un de ces accidents. Les juges se déclarèrent submergés par le nombre d'accidents sur lesquels il aurait fallu enquêter pour savoir s'ils étaient dus à la malchance, ou s'ils avaient été provoqués volontairement. En revanche, ils tentèrent d'enquêter sur les cas qui semblaient avoir été provoqués.

Bien sûr, on demanda aux cinq anciens gendarmes, aux douze anciens membres du RAID ou du GIGN et aux quatre anciens des forces spéciales quel avait été leur rôle exact dans l'équipe des collaborateurs directs ou indirects de Pôle séniors.

Ils avaient toujours reçu l'ordre de leurs supérieurs d'éliminer certaines personnes. Ils avaient donc toujours agi sur ordre, dans l'intérêt supérieur du pays qu'on leur avait demandé de servir. Après tout, lorsqu'ils travaillaient dans les forces spéciales, dans la police ou la gendarmerie, ils avaient aussi agi selon les directives de leurs supérieurs. On leur disait qu'on allait mettre hors d'état de nuire un individu X ou Y. Ce n'était pas à eux de vérifier de quelles sortes de gens il s'agissait.

C'était à leurs chefs qu'incombait le choix des cibles. Eux, ils se contentaient d'éliminer les gens qu'on leur désignait. Ils n'avaient pas le droit d'avoir des états d'âme. Leur rôle était d'agir. Finalement, la justice dut classer l'affaire sans suite en ce qui concernait ces fidèles serviteurs de l'État. Les juges essayèrent de remonter la hiérarchie. À chaque étage, le fonctionnaire n'avait pas pris la décision lui-même. Il avait obéi aux ordres.

Et ils purent remonter ainsi la chaîne jusqu'aux derniers maillons, le Premier ministre et le président. Et là, ils se déclarèrent incompétents. S'il avait fallu attaquer en justice le Premier ministre, il aurait fallu mettre en branle la Cour de Justice de la République. Quant au président, il est intouchable dans l'exercice de ses fonctions. Le résultat de cette démonstration d'impuissance à punir les coupables fit chuter l'indice de satisfaction déjà bas du président et de son auxiliaire, le Premier ministre. Ce dernier fut mis en minorité par une motion de censure déposée par l'opposition et dut partir. Quant au président, il faudra attendre les prochaines élections pour voir si les électeurs lui pardonnent cette malheureuse tentative de renflouer les caisses de l'état de façon substantielle ou s'ils lui en veulent encore.

Epilogue

En se rasant, le président se disait qu'après tout, il voulait le bien du pays, en tout cas de ses forces vives, qui devraient en toute logique lui savoir gré de défendre ainsi leurs intérêts.

Ce n'était pas facile de relancer l'économie lorsque le budget ne le permettait pas.
On pouvait évidemment s'endetter un peu plus, mais le pays ne l'était déjà que trop : trois mille milliards attendaient d'être remboursés. Il avait soumis l'idée à ses conseillers, qui lui avaient concocté le fameux projet Mathusalem. Ils avaient prévu une période d'essai limitée dans le temps à un an, et dans l'espace aux seules Bouches-du-Rhône.
Grâce à ce plan rapportant plus de 300 milliards, il avait espéré pouvoir augmenter les recettes de l'État, ce qui lui aurait permis entre autres d'améliorer l'enseignement, de relancer les hôpitaux, d'améliorer les infrastructures et bien d'autres choses sans s'endetter.
En outre, il y avait le système d'aides à revoir. La CMU, le RSA, l'aide au logement, les subventions destinées aux jeunes, aux étudiants, les emplois aidés, le chômage etc.
En n'ayant plus à payer les retraites, il se serait donné les moyens de renforcer toutes ces dépenses. La politique est une question de choix. Encore faut-il faire le bon. Apparemment, ce n'avait pas été le cas.

Comme disait le général de Gaulle : « *Comment vou-lez-vous gouverner un pays où il existe 258 variétés de fromages ?* »
La question attend toujours sa réponse. Et si l'on considérait que, selon le Centre National Interprofessionnel de l'Économie Laitière, la France produisait 1 200 variétés de fromages, on pouvait dire que la réponse se ferait attendre encore longtemps.

Mais la diversité propre à la France n'était pas la seule difficulté. Celle des inégalités était plus importante. Des milliardaires aux SDF, la différence était astronomique.
Lorsque l'on avait voulu prendre l'argent aux riches pour le donner aux pauvres, les riches avaient mis leur fortune à l'étranger, avaient menacé de s'en aller et de fermer leurs usines, magasins ou bureaux, ce qui aurait entraîné une augmentation immédiate du chômage.
Lorsque l'on avait fait des cadeaux aux riches, ils étaient restés en France, tout en continuant à faire passer de l'argent à l'étranger, à l'abri du fisc. Les moins riches avaient été alors écrasés par les taxes et les impôts, la CSG en particulier. Ils avaient eu du mal à joindre les deux bouts, achetant pour se nourrir des produits de mauvaise qualité qui les avaient rendus obèses et avaient déclenché chez eux du diabète et toutes sortes de maladies cardiovasculaires. Ceci avait alors augmenté les dépenses de la Sécurité sociale.

Choisir une politique entre les deux, sans les moyens financiers qui vont avec, n'aurait rien apporté. Pouvoir se servir dans les retraites aurait permis de donner de l'air à l'économie. Malheureusement, ce projet avait raté de façon honteuse, et avait atterri devant les juges. Le gouvernement avait été anéanti par une motion de censure défendue par l'opposition et un certain nombre de dissidents mécontents de son parti, qui voulaient montrer aux électeurs choqués qu'ils ne cautionnaient pas la politique menée par le Premier ministre, même s'il était de leur parti. Où trouver de l'argent, maintenant ? En vendant les immeubles, terrains et actions appartenant à l'état, ou en diminuant les aides aux plus défavorisés. L'argent ne tombant pas du ciel, il fallait le prendre dans la poche des contribuables qui s'en souviendraient le jour des prochaines élections.

C'est ce qu'il allait s'employer à faire, tout en montant les Français actifs contre les profiteurs du système, pour garder une assise électorale, celle des actifs.

Gouverner, c'était prévoir, mais c'était aussi être inventif. Et là, on pouvait compter sur lui et sur ses conseillers. Ils allaient trouver de nouvelles idées et on allait voir ce que l'on allait voir.

Table des matières

Il y a du courrier...3

A la recherche des secrets de Pôle séniors 9

Dans l'antre de Pôle séniors 11

Jusqu'à ce que mort s'ensuive. 17

Une brochure étonnante....................................23

Deuxième visite à Pôle séniors. 31

Comment faire une fin ? 37

En préparant la visite au Service psychologique des séniors..45

Le service psychologique des séniors...............49

Bilan de mi-mandat 57

L'opération Mathusalem 61

Retour à la case départ....................................65

Quelle stratégie choisir ? 71

La mort, toujours la mort … 75

L'unité de court séjour gériatrique 81

Roger...85

Visite dans les catacombes 89

Antoine et l'IRM 93

Les résultats 96

Disparition de Roger...98

Doutes sur le sexe d'Antoine..........................100

Catacombes bis...104

Essayons de comprendre...............................108

Antoine se fâche...113

Retour triomphal à la maison. 117

L'hécatombe..125

Voyage avec Ghislaine....................................129

Découverte du rapport remis au Premier ministre
par les responsables de Pôle séniors 133

L'accident 142

Revue de la Presse 145

Les responsables devant la justice 151

Epilogue 157